नवोदय के रंग

किस्से हॉस्टल के

पुष्पेय

Cover Design:
एकलव्य गोंदुड़े

Typographic Design:
प्रद्युम्न गोंदुड़े, डॉ थारुल गोंदुड़े

Editor:
दीपक दुबे ' दानिश '

समर्पण

उन सभी माताओं एवं पिताओं को जो बच्चों के विकास तथा प्रगति के लिए उन्हें घर से दूर किसी भी हास्टल में पढ़ने की अनुमति प्रदान करते हैं .. ...

तथा

सभी शिक्षकों एवं वार्डनों को जो माता पिता के अनुराग व त्याग को सार्थक करने में अपना जी- जान लगाते हैं , निः. स्वार्थ भाव से .....

तथा

मेरे देश को जो नवोदय विद्यालय जैसी सार्थक योजनाएं कार्यान्वित करता है

तथा

सभी प्रशासनिक अधिकारी एवं कर्मचारी जिनके माध्यम से नवोदय में उमंग- तरंग एवं भारतीयता जीवित हैं।

और
मेरे नवोदय विद्यालय साकोली तथा नवोदय विद्यालय घोट के सहपाठियों , विद्यालय के मेरे कनिष्ठ – सहपाठियों (जूनिअर्स), शिक्षकों , नवोदय के मेस – कर्मचारियों एवं सफाई -कर्मचारियों को
जिनके संसर्गों से वहां मेरा प्रवास चिर- स्मरणीय हो गया।

प्रस्तावना : नवोदय क्या है ?

जवाहर नवोदय विद्यालय एक संकल्पना है जो दून विद्यालय ,देहरादून से प्रेरित होकर बनाई गई है । यह एक आवासीय विद्यालय है जहाँ कक्षा छठी से लेकर बारहवीं तक की पढाई होती है। यह एक निःशुल्क योजना है जहां एक ज़िले के अस्सी विद्यार्थियों को स्पर्धा -परीक्षा के द्वारा चयनित किया जाता है । चयन करते समय इस बात का विशेष ध्यान रखा जाता है कि 75% प्रतिशत मेधावी छात्र ग्रामीण परिपेक्ष का प्रतिनिधित्व करें। योजना का मुख्य उद्देश्य मात्र इतना है कि भौगोलिक परिस्थिति एवं वित्तीय कारणों से मेधावी छात्र पढ़ाई की उच्चतम गुणवत्ता से वंचित न रह जाएं तथा बच्चों को आधुनिक शिक्षा का लाभ दिया जा सके । साथ ही, सांस्कृतिक मूल्य ,पर्यावरण और सर्वांगीण विकास पर भी ध्यान दिया जा सके तथा राष्ट्रीय एकात्मता का बीज बच्चों के दिलो-दिमाग़ में रोपित किया जा सके ।
1986 से जारी यह यात्रा राष्ट्रीय शिक्षा विभाग द्वारा शुरूकी गई है जिसका बीज -वाक्य है 'प्रज्ञानं ब्रह्म '।

यह भारत के पूर्व प्रधानमंत्री, दिवंगत श्री राजीव गांधी जी का ब्रेन चाइल्ड है।
आज लगभग 600 से अधिक जनवि (जवाहर नवोदय विद्यालय)की शाखाएं पूरे भारतवर्ष में जगमगा रही हैं।
इस पुस्तक का उद्देश्य मनोरंजन मात्र हैं न कि किसी को दुःख़ी करना या किसी विचारधारा को आगे बढाना । इसमें अधिकतर किस्से हॉस्टल से संबंधित हैं जहाँ लेखक द्वारा

कुछ वैचारिक़ स्वतंत्रता ली गई है। नाम और स्थान का किस्सों से अक्षरक्षः संबंध होना मात्र संयोग ही हो सकता है।

लगभग सभी किस्सों का कालखंड1987-94 की समय - सीमा के आसपास का है जब नवोदय विद्यालय अपनी शिशु -अवस्था में थे। तब नियमित स्कूल एवं हॉस्टल नहीं थे। कभी-कभार बच्चों को दो- तीन पर्यायी हॉस्टल में रखा जाता था। यह वो दौर था जब जीवन में मोबाइल का नामोनिशान नहीं था एवं टीवी एक ' बुद्धुबक्सा '(Idiot Box)था जो कृष्ण -धवल से रंगीन होने की यात्रा में था।

शिक्षा मंत्रालय, भारत सरकार द्वारा संचालित इस योजना में बच्चों को हॉस्टल में निःशुल्क भोजन,पानी और शिक्षा मुहैय्या कराई जाती थी। हॉस्टल वार्डन पूरे हॉस्टल में पिता की भूमिका में रहते थे। मेस की सुविधा होती भी होती है। बच्चे भिन्न भिन्न हाउस में विभाजित किए जाते हैं जिनके बीच विभिन्न प्रतियोगिताएं आयोजित की जाती हैं। साथ सभी बच्चों को साफ़-सफ़ाई तथा खानपान की व्यवस्था में सेवा देना होती है , जिसका उद्देश्य मुख्यतः बच्चों का आंतरिक और बाहरी विकास करना तथा उन्हें एक अच्छे भारतीय नागरिक बनाना ही हैं।

इस क़िस्सों की पोटली में हास्य और भावनाएं ही मुख्य सामग्री है जो यादों की दुनिया से होकर गुजरी है।

जय हिंद, जय भारत, जय नवोदय ....

आमुख

नवोदय, जीवन की उमंगों का

जीवन का यह एक अद्‌भुत सत्य है कि जीवन - पथ विविध संदर्भों तथा संसर्गों के जीवंत क्रम की वीथिका का स्वरूप है। हम जीवन - पथ पर अपनी अपनी परिस्थितियों व उन परिस्थितियों में अपने अपने सह-यात्रियों के साथ नित्य अग्रसर होते हैं। किंतु, नित्य नवीन भाव व भावनाएं जीवन को नित्य मौलिक नवीनताओं से समृद्ध करते हैं; और हम सार्थकता से जीवन का निर्वाहण करते हैं।

जीवन-पथ पर संदर्भों व संसर्गों का यह क्रम वास्तव में बचपन से आरंभ होकर जीवन - पर्यंत निरंतर जारी रहता है। वास्तव में बचपन, अथवा बाल्यकाल, जीवन का प्रवेश - द्वार है। इसके आगे ही जीवन -पथ है।

हम अक्सर जीवन के इस प्रवेश - द्वार से जीवन - पथ पर अग्रसर हो, इस प्रवेश - द्वार को भूल जाते हैं जीवन की व्यस्तताओं के इंद्रजाल में ।

युवा साहित्यकार श्री ओमप्रकाश गोंदुड़े **'पुष्पेय'** का कहानी- संग्रह " नवोदय के रंग -- क़िस्से हास्टल के " समकालीन समाज में बच्चों के बचपन के एक विशेष पक्ष पर केंद्रित लघुकथा संग्रह है । आज के समाज में हमारे ' बचपन ' का यह विशेष पक्ष है विद्यालयों में शिक्षार्जन के लिए युवा शिक्षार्थियों का विद्यालयों से संबद्ध छात्रावासों, अथवा हास्टलों , में प्रवास । ' पुष्पेय' की इस पुस्तक में, पुस्तक के शीर्षक के अनुरूप, एक स्कूल के

हास्टल के जीवन का , विभिन्न रोचक प्रसंगों, घटनाओं व संदर्भों के माध्यम से, अत्यंत सजीव चित्रण है।

' पुष्पेय ' का यह कहानी - संग्रह वास्तव में उनके अपने छात्रावास - जीवन पर आधारित, उत्तम - पुरुष कथ्यालंकार में लिखित ,कथात्मक - संस्मरणों का संकलन है।

वर्तमान काल के कथा व अत्मकथात्मक साहित्यों में विद्यालयों अथवा स्कूल - कालेजों से जुड़े विद्यार्थी- गृहों , छात्रावासों अथवा हास्टलों में प्रवास के संस्मरणों पर लिखा साहित्य दुर्लभ है। संभवतः ,इसका एक कारण साहित्य - मेघा - धारकों का , शिक्षाओं के कालखंड के समापन के पश्चात् ,शिक्षालयों व संबद्ध छात्रावासों से आगे की जीवन-चर्याओं में संलिप्त होकर शिक्षा- काल की स्मृतियों को बस अवचेतन मानस की

संपदाओं में छोड़ देना है।

और फिर, ' परिपक्व' जीवन द्वारा जनित साहित्य जीवन के रंगमंच की अग्र-भूमि पर अधिकार कर , ' अपरिपक्व ' जीवन की स्मृतियों को नेपथ्य में कर देता है।

इस प्रक्रिया में हम बहुधा जीवन की उन चंद अति- महत्त्वपूर्ण वास्तविकताओं से भी ' आगे ' बढ़ जाते हैं जो कालांतर में किसी जीवन की सार्थकता की रूपरेखा की रचना करती हैं । और जीवन के यह आधारभूत तथ्य हैं -- बाल्यकाल व किशोरावस्था के कालखंडों में संस्कारों एवं नैतिक मूल्यों की भाव-भूमि तथा उस भूमि पर चरित्र - काया की संरचना में उस भाव -भूमि की अटल भूमिका।

इस सत्य का आभास विस्मयकारी है कि प्रत्येक' परिपक्व ' चरित्र की नींव में पूर्ववर्ती बाल्यकाल एवं किशोरावस्था की अबोध चेष्टाओं, निश्छल क्रीड़ाओं, निरीह उमंगों, निस्पृह

उच्छृंखलताओं , निष्कपट भावनाओं व निश्शंक उत्कंठाओं के पत्थर होते हैं।
' पुष्पेय ' के 'नवोदय '- जीवन के कथात्मक संस्मरण मानवीय - जीवन के इस आश्चर्यजनक सत्य के रोचक प्रमाण हैं ।
' पुष्पेय ' की इन अनोखी कहानियों ने यहां मुझे चरित्रों की बाल्यावस्था पर केंद्रित कुछ चर्चित साहित्यिक कृतियों के उल्लेख की प्रेरणा प्रदान की है। ऐसी तीन साहित्यिक कृतियां विशेष - रूप से उल्लेखनीय हैं ।
सर्वप्रथम, प्रसिद्ध रूसी लेखक मैक्सिम गोर्की की आत्मकथा के प्रथम भाग --" मेरा बचपन" -- का उल्लेख आवश्यक है। इस पुस्तक में गोर्की ने अपने नाना- नानी की देखरेख में -- प्रायः निर्धन परिवार एवं बहुधा निष्ठुर समाज के ही ' छात्रावास ' में --- बीते अपने जीवन के प्रारंभिक चरण की अद्‌भुत, मार्मिक गाथा प्रस्तुत की है।

चरित्रों के बचपन व उनकी सहज बाल-लीलाओं के साहित्यों का उल्लेख प्रसिद्ध अमेरिकी लेखक मार्क ट्वेन की कालजयी कृति " एडवेंचर्स ऑफ टाम सायर" के बिना अधूरा रह जाएगा। यद्यपि लेखक एक हास्यकार हैं , और उनका यह उपन्यास एक हास्य-कृति है, तथापि मुख्य चरित्र की सहज उच्छृंखलताओं का हास्यकर , किंतु मर्मस्पर्शी, वर्णन साधारण मानवीय जीवन की संवेदनाओं का भी सरस चित्रांकन है।

बाल्यावस्था के साहित्यिक चित्रणों का संदर्भ सुप्रसिद्ध रूसी लेखक अलेक्सांद्र रास्किन की लोकप्रिय कृति" पापा जब बच्चे थे " के उल्लेख के अभाव में भी अपूर्ण रह जाएगा। पुत्री साशा जब कान की असह्य पीड़ा से

ग्रस्त थी , तब , उसका मन बहलाने के लिए, उसके पिता (लेखक) ने उसे अपने बचपन के क्रिया -कलापों के रोचक क़िस्से सुनाए । यह कहानियां न सिर्फ़ बच्चों , बल्कि सभी आयु- वर्गों के लिए अत्यंत पठनीय हैं।

पाठकों के किसी साहित्यिक कृति से जुड़ने का सिद्ध मनोवैज्ञानिक आधार है उस कृति में , पठन की क्रिया के माध्यम से, स्वयं का , स्वयं के प्रतिबिंब का, अथवा स्वयं की-सी स्थितियों का, अन्वेषण। और यह साहित्य के साथ साथ अन्य कलाओं व ललित कलाओं का भी सच है।
" नवोदय के रंग - क़िस्से हास्टल के " में हम सभी की किशोरावस्थाओं के बिंब मौजूद हैं। साथ ही, हमारे सामान्य ज्ञान के कुछ तत्वों के सहज प्रमाण भी इन कथाओं में निहित हैं। विद्यालयों से संबद्ध, व उनके सन्निकट , छात्रावास हमारे प्राचीन अतीत के गुरुकुलों के आंशिक आधुनिक प्रतिरूप हैं। आवास से पृथक प्रवास सदैव शिक्षा के अधिक प्रभावी प्रांगण सिद्ध हुए हैं । ' नवोदय के रंग ' इस तथ्य के साहित्यिक प्रमाण हैं । अंतिम पृष्ठों तक पहुंचते पहुंचते , ' पुष्पेय ' का यह विशिष्ट कथा - संग्रह हमें अपना- सा प्रतीत होता है।

दीपक दुबे ' दानिश '

दि. 10.07.2024
प्रयागराज

स्वीकृति

अलसस्य कुतो विद्या ,
अविद्यस्य कुतो धनम ,
अधनस्य कुतो मित्रम,
अमित्रस्य कुतो सुखम।

'नवोदय के रंग' का संकलन करते समय मुझे अपनी नवोदय की जिंदगी पर नजर डालनी पड़ी । नवोदय विद्यालय के दिन मतलब हंसती, खेलती,गुदगुदाती,सीखती-सिखाती जिंदगी ,जिसका पहला पड़ाव आत्मनिर्भर बनाना हैं और उसके उपरांत अपने देश,समाज से प्रेम करना है।
सभी कहानियां बचपन को पुनः जीवित करने का प्रयास है । इन कहानियों के अलग-अलग मूड है, लेकिन हॉस्टल ही इन कहानियों की आत्मा है । अपनी कहानियों के माध्यम से कोई उपदेश नहीं दिया वरन कुछ संस्मरण,कुछ किस्से और कुछ यादों को भी पिरोया है । मेरी कहानियों में यादों की कुछ पड़ाव है, जो अभी के समय से लेकर करीब 35 साल पुराने है । इन कहानियों में मैंने, मेरे भीतर बैठे नवोदय को और उसके अंदर विराजमान अपने दोस्तों को, ढूंढने का प्रयास किया है ।

मेरी नवोदय की यात्रा जनवि साकोली से (कक्षा ६ वी ,१९८७) से शुरू हुई एक किराये की बिल्डिंग में ,अलग अलग हॉस्टल में और जनवि घोट (कक्षा १२ वी , १९९४) ,

जिला: गडचिरोली में संपन्न हुई, सम्पूर्ण सुविधायुक्त अपनी खुद की बिल्डिंग में । मेरी यह पुस्तक धन्यवाद देने का प्रयास है मेरे जनवि साकोली (भंडारा) और जनवि घोट (गडचिरोली) के मित्रों को जिनके सानिध्य में मैंने हॉस्टल की जिंदगी के खट्टे मिठ्ठे पल जीये हैं क्योंकि 'अमित्रस्य कुतो सुखम ' यानिकि मित्र के बिना जीवन में सुख नहीं हो सकता (उपर्युक्त संस्कृत का श्लोक)।
इस किताब का उद्देश्य किसी की भावना को ठेस पहुँचाना नहीं हैं। मैंने प्रेम के अधिकार से दोस्तों के नामों का भी इस्तेमाल किया हैं ,कहानियों में। साथ ही कुछ सृजनात्मक स्वतंत्रता का इस्तेमाल भी किया है।
विशेष आभार मेरे सीनियर **श्री दीपक दुबे 'दानिश '** (पूर्व उपमहाप्रबंधक वाणिज्य NTPC) जो स्वयं हिंदी और उर्दू के साहित्य में जाना पहचाना नाम है. उन्होंने कीमती समय निकाल न केवल आमुख लिखा बल्कि संपादन के साथ मार्गदर्शन भी किया। साथ प्रेम, प्रणाम और आभार **श्री माणिक लाल विश्वकर्मा 'नवरंग'** छत्तीसगढ़ के विख्यात साहित्यिक और स्तम्भकार जिन्होंने किताब की समीक्षा लिखकर मुझे कृतार्थ किया और **श्री मुरली प्रसाद श्रीवास्तव** , कवी और लेखक तथा भिलाई स्टील प्लांट छत्तीसगढ़ के राजभाषा अधिकारी और मेरे बड़े भाई **जितेन्द्र दास मानिकपुरी** जिन्होंने मेरी किताब को आशीर्वचन दिए।

साथ ही मैं दिल की गहराइयों से धन्यवाद देना चाहता हूँ मेरे भाई **'मोहित गोंदुड़े** ' को और मेरी दोनों बहनो (**चंचल और मालती**) को जिन्होने समय समय पर क्रिएटिव सामग्री उपलब्ध कराई। मेरे छोटे बेटे **एकलव्य गोंदुड़े** जिन्होंने अपने चित्र के द्वारा मेरी किताब के मुखपृष्ठ

को मेरी दृष्टि के अनुसार साकार किया, बड़े बेटे **प्रद्युम्न गोंदुड़े** जिसने संकलन करने में मेरी मदद की और मेरी पत्नी **डॉ थारुल गोंदुड़े** , जिन्होंने मुझे नौकरी के साथ सृजन-पूजन करने की आजादी प्रदान की। और मेरे माता पिता जिन्होंने मेरे ईच्छा के विपरीत नवोदय विद्यालय भेजा और बाद में उस जगह मैंने अपने जीवन का भरपूर आनंद उठाया।

और विशेष आभार गूगल का जिसने हर कदम पर साथ निभाया।

लेखक: पुष्पेय

रोचक संस्मरणों का सुन्दर गुलदस्ता -नवोदय के रंग

ओम गोंदुड़े 'पुष्पेय' द्वारा रचित कहानी संग्रह 'नवोदय के रंग'

विद्यार्थी जीवन से संबंधित अनेक रोचक संस्मरणों का सुन्दर गुलदस्ता है जिन्हें ख़ूबसूरती से उन्होंने कहानी का रूप दिया है।उल्लेखित संग्रह की कहानियों के संदर्भ में कहा जाए तो पढ़ते वक़्त शुरू से अंत तक परिणाम जानने की उत्सुकता बनी रहती है ।आकार में छोटी एवं वैविध्य विहीन होने के कारण अधिकांश कहानियां बाँधे रखती है। घटनाओं में स्वाभाविकता दिखाई देती है क्योंकि कथासूत्र को लेखक ने सुसंबद्ध तरीकें से पिरोया है। कहानियों में पुष्पेय ने सरल, सहज,बोधगम्य एवं पात्रानुकूल भाषा का प्रयोग किया है। कहानी का शीर्षक **'नवोदय के रंग'** भी उचित और सार्थक है तथा पढ़ने के लिए प्रेरित करने वाला है। पुष्पेय की कुछ कहानियो से संदेश प्रतिध्वनित होता है तो कुछ कहानियों से हॉस्टल जीवन की विसंगतियां एवं तीज त्योहार के वक़्त घर न जा पाने का दुख । यदि कहानियों पर संक्षेप में कहा जाए तो कहानी **'ये दोस्ती'** में विद्यालयीन मित्रता एवं दिनचर्या का, **'हॉस्टल का भूत'** में अंधविश्वास के चलते भय का , **हॉस्टल का नाश्ता** में नाश्ते को लेकर बच्चों की मनःस्थिति का, **आम मंथन** में चोरी से आम तोड़ने एवं साँप के भय से उल्टे पाँव लौटने का , **मुर्गा** में बच्चों में दंड के भय का , **लेटर** में त्योहार के समय हॉस्टल में पत्र मिलने की खुशी का ,**एथिल अल्कोहल** में हास्टल में बॉटल अल्कोहल के होने की हलचल का ,**इंस्पेक्शन** में समिति द्वारा नशे का सेवन का इंस्पेक्शन एवं बच्चों द्वारा बीड़ी का विज्ञान प्रदर्शनी हेतु प्रयोग करने के स्पष्टीकरण का, **चवन्नी बिल्लू और सुपर कमांडो ध्रुव** में रविवार को कॉमिक्स पढ़ने

बच्चों में खींचातानी का ,**घड़ी** में केवल रात्रि में टीवी देखने की अनुमति भोजन के पश्चात का ,**गणपित उत्सव** में विद्यालय में गणेश उत्सव का ,**राजू भैया** की रेस में खेल प्रतियोगिता का , **खबरी** में किस तरह बातें स्कूल प्रबंधन तक पहुँचती है का ,**दिवाली** में स्कूल में मिलकर दीवाली उत्सव मनाने का एवं **ताड़ी**-सौदागर फिल्म में दिखाई गयी ताड़ी को पीने का असर बच्चों को गाँव तक किस प्रकार ले जाता है का जीवंत चित्रण दिखाई देता है। कुल मिलाकर कथावस्तु के आधार पर कहा जा सकता है कि 'नवोदय के रंग' की कहानियाँ कहानी-कला का सुन्दर निदर्शन है। किसी भी कहानी में पात्रों की संख्या अधिक नहीं होनी चाहिए तथा संक्षेप में ही उनके चरित्र की विशेषताओं का उद्‌घाटन हो जाना चाहिए। आलोच्य कहानी में लेखक ने इन बातों का पूरा ध्यान रखा है ।कहानी में पात्रों की संख्या सीमित है तथा उनका चरित्र-चित्रण स्वाभाविक, सजीव और हृदयस्पर्शी है। संपूर्ण विवेचना के आधार पर मैं कह सकता हूँ कि पुष्पेय द्वारा रचित कहानी संग्रह 'नवोदय के रंग'की कहानियां अपनी विशेषताओं के कारण पाठकों का हृदय मोह लेगी एवं भविष्य में उनकी और अच्छी कहानियां पढ़ने को मिलेगी। ईश्वर उनकी प्रतिभा को प्रखरता, कुशाग्रता एवं शक्ति प्रदान करे।

डॉ.माणिक विश्वकर्मा 'नवरंग' रायपुर (छ ग)

बाल मन की उत्सुकता , सरलता और चपलता को समेंटे पुष्पेय के रंग

'**नवोदय के रंग**' को पढ़ना अपने भीतर शैशव से होते हुए युवा हो जाने की यात्रा के पूर्ण होने के समान है ।

सर्वप्रथम यह कि **नवोदय के रंग** एक बहुत ही सहज और सरल ढंग से एक अपने ही संसार का निर्माण करती हुई कहानियाँ हैं ।

इन्हें पढ़ कर अपने भीतर बाल मन में पैदा हुई जिज्ञासा , उस दौर की शरारत और उसके भोलेपन से पाठक का सहज साक्षात्कार होता चला जाता है पुष्पेय की प्रशंसा इसलिए करनी होगी कि उन्होंने इसे बखूबी अपनी कलम से बड़ी सुंदरता और रोमांच के साथ अंजाम दिया है . इस संग्रह की सभी कहानियाँ एक ख़ास दौर और विशिष्ट धरातल पर लिखी गई हैं जिन्हें इस तरह लिख पाना कत्तई आसान नहीं है।

हम सब जब स्कूल कॉलेज के बीच धीरे धीरे गुजरते हैं तो दोस्ती , भूत , मुर्ग़ा , शराब , नशा , बैडमिंटन , दौड़ , कॉमिक्स , स्कूल के पी टी सर , आस पास के लोग ख़ास कर मुच्छड़ रखे दबंग दिखते लोग , डाँट का भय , घर में शिकायत हो जाने का डर , प्रिंसिपल आदि आदि के विषय में न जाने कैसे कैसे ख़याल रखते हैं । इन सब के बीच आता है लव लेटर , ख़ैर इस कहानी में लव लेटर कहीं नहीं लिखा गया है बस उसकी झलक है जो लव होता भी है या नहीं इसका भी पता नहीं , मगर निश्चित रूप से ढेर सारी भावनाओं में कुछ न कुछ तो होता है जो उस दौर के नाम और कथानक इस तरह सजीव हो उठते हैं कि पढ़ने वाले को बांध लें । उन्हें हर कहानी अपनी सी लगे , वास्तव में इस कथा संग्रह ने नवोदय विद्यालय के मानदंड , गरिमा वहाँ के माहौल

और बच्चों के विकास के माहौल का खाका बड़े ही रोचक ढंग से खींचा है । लेकिन इस से बड़ी बात यह कि सब कुछ किसी कहानी के माध्यम से कहा गया है जो बड़े ही तारतम्यता से पुष्पेय के कथा संसार का निर्माण कर देता है एक ऐसा कथा संसार कि जिस में पाठक ख़ुद को शामिल पाता है। यह कहानियाँ मात्र भौतिक स्तर पर कथानक न हो कर बड़ी ही गंभीरता से उस दौर के मानसिक स्तर और उस स्तर पर भावनात्मक रूप से विचारों को स्पर्श करती हैं । इन कहानियों की भाषा बड़ी ही नैसर्गिक है , अत्यंत हृदय स्पर्शी ।

सच कहूँ तो यह पहली पुस्तक है जिसके विषय में मुझे कुछ भी ऐसा नहीं मिला कि मैं उसमें कुछ कमीं सामने रख सकूँ, मुझे विश्वास है कि पुष्पेय की यह पुस्तक साहित्य जगत की धरोहर बनेगी। निश्चित रूप से नवोदय या ऐसे ही विद्यालय से पढ़ कर निकले विद्यार्थी , हॉस्टल में रहे स्टूडेंट्स यहाँ तक कि हम सब भी इसे अपने संग्रह में रखना चाहेंगे , विशेष रूप से अपने ही बाल मन की नैसर्गिक अनुभूति के लिए ।

मैं, पुष्पेय को इतने सुंदर कहानी संग्रह को हम सब के बीच लाने के लिए बधाई देता हूँ। इसे पढ़ कर मैं कह सकता हूँ कि यह कथा संग्रह काफ़ी समय से उनकी भावना की व्यक्तिगत धरोहर होगा जिसे हम सब के बीच लाने में उन्हें बड़े ही हिम्मत और परिश्रम का सामना करना पड़ा होगा।

मैं आशा करता हूँ कि नवोदय के रंग जल्द ही लोगों के बीच अपना स्थान बनाने में सफल होगी । पुष्पेय से आगे भी ऐसे ही शानदार लेखन की उम्मीद बनी रहेगी।

मुरली मनोहर श्रीवास्तव, प्रयागराज

बचपन को दोबारा जीने के अवसर देता - 'नवोदय के रंग'

बीता हुआ समय यदि बहुत ही बुरा ना रहा हो तो उसे याद करना अच्छा ही लगता है। बचपन की यादें हमेशा ही बहुत मधुर, आकर्षक और युवा बना देने वाली होती हैं। यादें, यदि स्कूल के समय के मित्रों से जुड़ी हों, तो वे और भी मनमोहक लगती हैं। जिन मित्रों सहपाठियों के साथ हम पढ़ते-लिखते, खेलते-कूदते, लड़ते-झगड़ते बड़े हुए होते हैं। उनसे दूर रहकर देरसवेर जीवन के रणक्षेत्र में अपने दायित्वों का निर्वहन करते हुए उन्हें याद करना और यदि संभव हो तो उनसे बातें करना हर किसी को बहुत अच्छा लगता है। 'नवोदय के रंग' आपको उन्हीं यादों के गलियारों से घुमाकर लाता हैं।

संयोगवश मैंने भी कक्षा 9वीं से होस्टल में रहकर पढ़ाई की है, किशोरावस्था में ही घर से दूर रहने का दर्द क्या होता है, मैंने भी अनुभव किया है साथ ही हॉस्टल की मस्ती का आनन्द भी लिया हैओं। । प्रस्तुत संग्रह में इस पीड़ा और आनंद का भी का बहुत ही सजीव चित्रण किया गया है।

समय बीतने के साथ यादें धुंधली होने लगती हैं, कभी कोई बालसखा मिल जाए, तब उसके साथ मिलकर उन यादों को फिर से दोहराने का आनंद सचमुच अद्‌भुत होता है। प्रस्तुत किताब आपको आपके बालसखा के मिलने का आनंद देगी, इसका यकींन हैं।

श्री 'पुष्पेय' ने संवादों तथा नामों को बदले बिना प्रत्येक घटना का सविस्तार सजीव चित्रण किया है, जो सब के सब अत्यंत सराहनीय एवं प्रभावी बन पड़े हैं।

उस कालखण्ड की छोटी-छोटी घटनाओं को याद करके शब्दशः पिरोकर संकलित करना निश्चित रूप से अत्यंत ही सराहनीय है। जिन पाठकों ने घर से दूर रहकर पढ़ाई की है, उनके लिए तो ये संस्मरण पठनीय हैं ही, जिन्होंने घर से दूर रहने के दर्द का कभी अनुभव नहीं किया उनके लिए भी इन्हें पढ़ना सचमुच एक मनोरंजक संसार की यात्रा करने की तरह होगा।

जिसतरह श्री 'पुष्पेय' की कविताएँ सदैव ही मानवीय भावनाओं और अछूते विषयों पर केन्द्रित रहती हैं, जिन्हें पढ़कर मन हमेशा एक नये सिरे से चिंतन करने को प्रेरित हो जाता है, ठीक उसीतरह प्रस्तुत संकलन के संस्मरणों ने जीवन के सर्वश्रेष्ठ समय बचपन की यादों को जिस प्रकार तरोताज़ा किया है, उससे एक बार फिर मन में यही विचार आता है, कि काश... बचपन एक बार फिर से लौट कर आ जाय।

जितेन्द्र दास मानिकपुरी, भिलाई (छ ग)

अनुसूची

ये दोस्ती

फ़िल्म और दोस्ती सारे भारतीयों के खून में ही घुली हुई हैं और हम लोग भी भारतीय हैं।

हमारा पहला बैच धीरे-धीरे स्कूल एवं हास्टल के साथ समन्वय बैठाने लगा था। मगर अभी भी स्कूल की आत्मा से हमारी आत्मा का जुड़ाव होना बचा हुआ था।

पांच अलग-अलग कमरों में हम सब की दुनिया बस रही थी, मगर अभी भी हॉस्टल से जुड़ाव, घर के अलगाव पर कमज़ोर पड़ रहा था।

खेलने कूदने के साधन भी सीमित थे , बस एक जोड़ी बैट और एक बॉल।

हर कमरे में एक कप्तान की नियुक्ति हो गई थी ताकि वह रूम की ज़रूरतों पर ध्यान दे सके और अनुशासन पर नियंत्रण रख सके।

हर शाम को हम में से कुछ बच्चे खेलने के लिए कुलबुलाते थे, या यूं कहें कि पागल हो जाते थे; और कुछ घर जाने के लिए। इसी पर नियंत्रण पाने की प्रक्रिया में हर शाम को एक बड़े मैदान में बैठकर हम कुछ कहानियां कहते या सुनते थे।

कोडगिरे मैडम और गौर मैडम हमारे साथ शुरुआती दिनों से जुड़ी हुई थीं , जिनकी, मुख्यतः , जिम्मेदारी थी कि वे हमारा भावनात्मक जुड़ाव स्कूल से करवाएं, जिससे हम लोग नवोदय विद्यालय से अपनत्व महसूस कर सकें।

अनुराग को स्कूल के कप्तान के तौर पर ज़िम्मेदारी दी गई थी।

हम लोगों को स्कूल से जोड़ने की क़वायद में हम लोगों को मैदान के घेरे में बैठाकर शिक्षक और शिक्षिकाएं कहानियां सुनाते थे। उनकी कहानियां और बातें हम सभी को अच्छी लगती थीं, मगर फिर भी वे हमें पूरी तरह से नवोदय की आत्मा से जोड़ पाने में अभी तक पूरी तरह से सफल नहीं हो पाई थीं।

इन सबके बावजूद दिन में एक ही चीज़ हम सबको कुछ ज़्यादा ही अच्छी लगती थी , और वह थी दिन की धूप और धूप में ' चिट्ठी- पर्व '।

हर दोपहर हम सब ' चिट्ठी-पर्व ' मनाते थे , जिसमें कुछ लोग बहुत खुश होते थे तो कुछ लोग अत्यंत दु:खी , क्योंकि उस समय स्कूल में डाकिया पहुंचता था, सबके घरों से चिठ्ठियाँ लेकर।

हम सब उसे घेर लेते और वहां बस एक ही स्वर गूंजता था "भैया मेरी चिट्ठी आई क्या? भैया मेरी चिट्ठी आई?"

हम सब के कोलाहल से उसे पहले पहले झुंझलाहट होती थी मगर इतने छोटे बच्चे घर से बाहर पढ़ रहे हैं इसका उसे बड़ा आश्चर्य भी होता।

धीरे-धीरे वह भी हम लोगों से जुड़ने लगा था , अतः वह हम सब से प्यार से पेश आने लगा।

जब डाकिया आता, जिस किसी की चिट्ठी की पुकार होती वह ख़ुशी से नाचता और जिसकी नहीं आती वहां रुआंसा हो जाता था, या फिर ज़ोरों से रोने लगता।

तब डाकिया बोलता , "बेटा तेरी चिट्ठी कल ले आऊंगा" ; और हम लोग उसे बार-बार दोहराते थे कि "भैया फिर से एक बार देख लो न ,कहीं छूट तो नहीं गई ?"

नियमानुसार, हर दिन हम सब लोग शाम होते ही , एक खुली जगह में , या मैदान में , बड़ा- सा गोला बना कर बैठ जाते। वहां कहानियों का, या गानों का ,दौर चलता था ।

और उसी जगह हर दिन पंकज, उमेश,संदीप शाम होते ही घर जाने का अलाप शुरू कर देते और उन्हें देखकर बाक़ी और बच्चे भी।

गौर मैडम यूं तो हिंदी की शिक्षिका थीं ,और कोडगिरे मैडम पीटी की शिक्षिका , मगर आत्मा से दोनों

मानसशास्त्र की शिक्षिकाएं थीं ,जिनका लक्ष्य था हम सब को स्कूल से जोड़ना ; और उनके दो ही हथियार थे--साम और दाम ।

एक शाम को हम सभी , सामने के मैदान में बैठे थे जहां असेंबली होती थी।

पुनः पंकज, उमेश और संदीप ने "घर पहुंचा दो" कहकर राग- रुदन शुरू कर दिया । आज उनपर गौर मैडम की कहानियां भी असर नहीं कर रही थीं । इसीलिए उन्होंने एक गाना सुनाया:-

' मार डाला, मार डाला, मार डाला रे

काली बिल्ली ने कबूतर को मार डाला रे।'

उसके पश्चात पीटी – मैडम ने मराठी में एक गीत सुनाया । उसके बोल थे:

" ऐसा भोळया चतुर रे,

बालपणी च्या गोविंदा

तुम्ही आम्ही सांगा सांगातील

हाक दिली रे मी तुजला।"

*(अनुवाद: ऐ चतुर नादाँन,

मेरे बचपन के दोस्त ,

हम दोनों है एक साथ के ,

इसलिए पुकारा अधिकार से)

गाने के बोल और सुर ख़ूबसूरत थे , इसीलिए गानों के साथ हम लोग भी जुड़ रहे थे । मगर उन तीनों का रुदन वैसे जारी था।

उनको देखकर, एकाएक, पीटी - मैडम ने घोषणा कर दी,

"अब आपके सामने पंकज गाना गाएगा।"

हम सभी ने ज़ोर ज़ोर से तालियां ठोकीं । अब संदीप और उमेश, हाथ से आंख नाक पोंछ कर ,और हाथ पैंट से घिसते हुए, फटाक से नीचे बैठ गए। उनका रोना बंद हो गया था , या अल्पविराम लग गया था , कहना मुश्किल था । मगर घोषणा से कुछ फ़ायदा तो ज़रूर हुआ था ।

उस समय हम लोगों में कुछ ही गिने-चुने लोग थे , जो जेब में रुमाल रखते थे। पंकज, रुमाल से आंख पोंछते हुए ,सामने गया और उसने मैडम के कान में कुछ गुफ़्तगू की । वैसे ही , मैडम ने कहा," पंकज थोड़ी देर बाद गाना गाएगा, तालियां। "

हम सब ने अपने हाथ खोले और फिर ज़ोरदार तालियां।

पुनः गौर मैडम पूछ रहीं थीं कि बच्चों में से कोई गाना गाएगा ?

सब शांत बैठे थे । तभी कोडगिरे मैडम ने कहा, " इतने सारे लड़के हैं, मगर कोई आगे नहीं आ रहा है। लेकिन हमारी लड़कियां 'झांसी की रानी' हैं, उनमें से कोई तो आगे आएगा, ऐसा मुझे भरोसा है। "

मैडम की ललकार सुनते ही सभी लड़कियां एक दूसरे को धकेलने लगीं ।

उसी दौरान एक लड़की शर्माते हुए आगे आई और बोली," मैडम हमारी झांसी टीम की और से मैं गाना गाऊंगी। "

एकाएक हम लड़कों के मुंह सूख गए। वैसे मुझे गीत संगीत से कोई मोहब्बत नहीं थी , इसलिए मैं निश्चिंत था कि लड़कों की तरफ से गाना गाने की जिम्मेदारी कम से कम मेरे ऊपर तो बिल्कुल ही नहीं आएगी ।

लड़की ने सुर लगाया ,

"चांदी की दीवार न तोड़ी

प्यार भरा दिल तोड़ दिया

एक धनवान की बेटी ने

निर्धन का दामन छोड़ दिया .... ।"

हम लोगों में से कई लोग एक दूसरे को ताक रहे थे। मगर किसी के पल्ले कुछ नहीं पड़ रहा था कि अगला उसे क्यों घूर रहा है या उसे क्या बोल रहा है ?

सबके दिलो- दिमाग़ में शायद प्रश्न थे कि "हम में से अगला गीत कौन गाएगा या किसका दिल किसने तोड़ा?"

कोई कह रहा था, "दिल तो लड़की ने तोड़ा तो अपने को क्या करना है हम लोग तो लड़के हैं।" कोई कह रहा था , "हम लोग तो धनवान भी नहीं हैं , तो य़ह गाना हम पर तो लागू नहीं होता।"

इसी बीच विनोद, जो एक अच्छा खिलाड़ी था , उस लड़क़ी को लगातार देख रहा था और उसकी आवाज़ की तारीफ़ करते करते बोले बैठा, " यह तो लता मंगेशकर जैसा गाती है " ; और यह कहकर वह बहुत ज़ोर ज़ोर से तालियां पीटने लगा।

हमारी खुसर पुसर चल ही रही थी कि, एकाएक, मैडम ने ज़ोर से कहा," शायद आशीष कुछ कहना चाहता है .... बोलो आशीष। "

आशीष पैंट को हाथ से झाड़ते हुए उठ खड़ा हुआ और "कुछ नहीं मैडम .... कुछ नहीं" कहते कहते पैंट को ठीक करते हुए अपनी आंखें गड़ाए ज़मीन ताकने लगा।

तभी बोल मैडम बोल पड़ीं ,"अब लड़कों की टीम में से कोई तो सामने आए और गाना गाएं। "

लड़कों की टीम से अब तक कोई आगे नहीं बढ़ रहा था। यह देख कोडगिरे मैडम जानबूझकर लड़कों को उकसाते हुए हुए बोलीं , "अरे ! लड़के तो डरपोक हैं , यह लोग गाना नहीं गा पाएंगे। "

और फिर वह लड़कियों को देख कर बोली , "क्यूं झांसी की रानियों?"

सभी लड़कियां ज़ोर-ज़ोर से तालियां बजाने लगीं और 'हा हा हा' करके हंसने लगीं , जैसे कि वे लड़कों को ललकार रही हों।

मैडम की योजना काम कर गई।

लड़कियों की ललकार के बाद राज नामक लड़का खड़ा होकर बोला , "मैडम हमारा कैप्टन अनुराग है, और अब वो गाना गाएगा।"

राज का आवाहन था , या कप्तानी की ज़िम्मेदारी, या लड़कों की पूरी क़ौम की इज़्ज़त ; पता नहीं क्या ?

अनुराग ने किशोर कुमार का गाना *"रूप तेरा मस्ताना,प्यार मेरा दीवाना"* गाया।

लड़कों ने ज़ोरों से तालियां बजाईं ।

अब दोनों ओर से कलाकार आगे आने लगे और महफ़िल सजने लगी।

तभी अनुराग ने घोषणा की कि लड़कों की टीम से बबलू गाना गाएगा । बबलू एक शानदार गायक था ,पर वो चकाचौंध से दूर ही रहता था।

शर्माते हुए बबलू आगे आया ,और फिर, " *मेरे देश की धरती... सोना उगले... उगले हीरे मोती"* गाया ।

फ़िल्म ' उपकार ' का गाना था जिससे बबलू की आवाज़ ने शाम के मौसम को देशभक्तिमय बना दिया था । अब सभी थोड़ा थोड़ा बंधने लगे थे ... बिना किसी डोर के।

सभी धीरे धीरे खुलने लगे थे । अब सब बारी बारी से अपनी कला का प्रदर्शन कर रहे थे।

मैडम बीच बीच में किसी किसी को पुकार रही थीं ।

आशिष और मैं इसी फ़िक्र में थे कि कहीं हमारा भी नंबर न लग जाए।

कालिदास ने गाया, *" तुझी चाल तुरु तुरु, उडते केस भूरु भुरू "*

श्रीश : *" ससा तो ससा .... दिसतो कसा .... कासवासी पैज लावली"*

कैलाश: " एक चिड़िया .... दाना चुगने आई चिड़िया "

पंकज : *" चंदन सा बदन ... चंचल चितवन ... धीरे से तेरा ये मुस्काना"*

पवन : *"अगले बरस तुझे धरती की रानी कर देंगें.. "*

सभी लोग अब महफ़िल से जुड. गए थे। सभी को आनंद की अनुभूति होने लगी थी। तभी शाम के खाने की घंटी बज उठी।

एकाएक सभी जादू की दुनिया से बाहर आए । लेकिन उनका मन अभी भी उसी दुनिया में डटा हुआ था ...

लगभग सभी बच्चे एक साथ बोल पड़े," मैडम .... एक और गाना प्लीज़ ! " शायद हममें से अधिकांश लोगों ने पहली

बार ' प्लीज़' शब्द का प्रयोग किया था ; क्योंकि बहुतांश मराठी - माध्यम से 'नवोदय' में आए थे।

आशिष और मैं पुनः छुप गए ; कि कहीं अंतिम विकेट हमारा न गिर जाए ....

तभी मैडम बोल पड़ीं ," बच्चों , ये आज का अंतिम गीत है ज़िसे हमारे स्कूल के तानसेन गाएंगे ।"

ऐसा कहकर उन्होंने बबलू को बुलाया । हम दोनों की जान में जान आई और हम लोग बिना किसी डर के गाने का आनंद लेने के लिए तैय्यार हो गए। हम सभी ' तानसेन .... तानसेऩ ' कहकर तालियाँ पीट रहे थे , और शर्मीला बबलू मंद मंद मुस्कुराते हुए आगे पहुंचा ।

बबलू ने *'आ S आ S'* कर कुछ सुर लगाया , और फिर गा उठा।

बबलू : *' हूं S हूं S*

चिठ्ठी आई है आई है, चिठ्ठी आई है

बड़े दिनों के बाद हम बेवतनों को याद

वतन की मिट्टी आई है ....'

पंकज उधास की यह ग़ज़ल फ़िल्म "नाम" से ली गई थी।

मैं तो यह ग़ज़ल पहली बार ही सुन रहा था ; फिर भी अच्छी लग रही थी और मेरे अहसासों के आसपास भी थी।

जिस तरह बबलू लय में गा रहा था , हम सब जुड़ रहे थे , धीरे धीरे भावुक हो रहे थे।

हम सभी को अपने अपने घरों की याद आ रही थी और चिठ्ठियों का वार्तालाप फ़िल्म के फ्लैश- बैक की तरह मन के पर्दे पर चल रहा था।

लेकिन जब बबलू ने आगे की पंक्तियाँ गाईं :

" पहले जब तू खत लिखता था,

क़ागज पर चेहरा दिखता था ....

बंद हुआ वो मेल भी अब तो ..."

..तब मन का पर्दा माता - पिता की तस्वीर गढ़ रहा था , और उसमें ख़ुद की तस्वीर हल्की- सी धुंधली पड़ रही थी। हर पल समां भावुक हो रहा था । कुछ आँखें नम पड़ चुकी थीं ।

फिर वो पंक्तियाँ आईं जिन्होंने बेमौसम बारिश का माहौल बना दिया .... बिना डोर के समां बांध दिया --

" मैं तो बाप हूँ , मेरा क्या है

तेरी माँ का हाल बुरा है ... "

*'माँ का हाल बुरा है '*गाते गाते बबलू ज़ोरों से सुबकने लगा ...

हम सभी रो ही रहे थे।

इन पंक्तियों ने सिसकियों की झड़ी लगा दी । सबको रुला दिया । हम सब भी रो ही रहे थे ; कोई अकेला नहीं था ; लगभग सभी बबलू के चारों ओर एक दूसरे से लिपटकर राग -रुदन अलाप रहे थे ।

दोनों मैडम भी अपनी आँखें पोंछ रहीं थीं.....

रोनी सूरत और रोनी आवाज़ में हम सब एक दुसरे को हिम्मत बंधा रहे थे , कि "मैं तेरे साथ हूँ ... रो मत , तू मेरा भाई है ।"

सभी की आंखें नम थीं । अश्रु- धाराएं बह रहीं थीं । मगर सभी की आंखों से एक ही गीत गाया जा रहा था , जो शायद 20 Hz से कम या 20000 Hz की फ्रीक्केंसी से ज़्यादा था ; इसीलिए सुनाई नहीं दे रहा था । बस महसूस हो रहा था हम सभी को , पूरी नवोदय की जमात को, हमारी पूरी क़ायनात को ....

" ये दोस्ती हम नहीं तोड़ेंगें

छोड़ेंगें दम मगर तेरा साथ न छोड़ेंगें....

ये दोस्ती ....हम नहीं तोड़ेंगें "

हम सब अदृश्य मोटर सायकिल पर हिचकोले ले रहे थे ' शोले ' के जय और वीरू की तरह।

2- हॉस्टल का भूत

जिस तरह घर में पहले बच्चे का स्वागत जोशो- ख़रोश के साथ किया जाता है ठीक उसी तरह , या उससे भी ज़्यादा जोश के साथ ,नवोदय विद्यालय में नए बच्चों का स्वागत किया जाता है । हमारा स्वागत भी कुछ ऐसे ही हुआ था। वजह भी वैसी ही है; क्योंकि हम अपने स्कूल के पहले बैच में थे , अर्थात् घर के पहले बच्चे या खेत की पहली फ़सल की मानिंद ।

जिस तरह घर में बड़े बच्चे की कुछ ज़िम्मेदारियां होती हैं, ठीक उसी तरह हम लोगों की कुछ ज़िम्मेदारियां भी थीं , जैसे साफ़-सफ़ाई करना, समय पर उठना, समय पर खाना, समय पर खेलना और समय पर सोना , यानी कि सभी चीज़ें समय पर करना ।

एक ही इमारत में हमारा स्कूल था और हमारा हॉस्टल भी ; क्योंकि हमारा हॉस्टल, एक पुरानी ,उजाड़ और सालों से बंद पड़ी एक स्कूल की इमारत में बनाया गया था , क्योंकि हमारे स्कूल की नई इमारत अभी तक बनी नहीं थी और निकट भविष्य में उसके बनने की आशाएं क्षीण दिख रही थीं।

हमारा स्कूल पुराने किसी स्कूल की इमारत पर अवस्थित था ; और इसी वजह से नए प्रधान - अध्यापक का कार्यालय पुराने प्रधान- अध्यापक के कार्यालय में ही सजाया या बनाया गया था । यह इमारत में घुसते ही सबसे पहले आता था ; अथवा यूं कहें तो सही होगा कि वह कार्यालय हमारे विद्यालय का केंद्र- बिंदु था। उस केन्द्र - बिंदु की बाईं ओर तीन कमरे थे, जिन्हें कमरा नंबर 1,2,3 कहा जाता था । और ठीक वैसे ही तीन कमरे दाहिनी ओर थे जिन्हें कमरा नंबर5 4,5,6 कहा जाता था। इनमें से कमरे 1 से लेकर 5 तक हॉस्टल में तब्दील कर दिए गए थे , और एक कमरे को लाइब्रेरी में तब्दील कर दिया गया था ।

प्रधान - अध्यापक के कार्यालय से सटे दो कमरे थे , जिन्हें कक्षाओं में तब्दील कर दिया गया था ; और उनके पीछे एक बड़ा- सा हाल था , जिसे मेस , अर्थात् पेट - पूजा स्थान , का दर्जा दिया गया था।

मेस के पीछे सामूहिक शौचालय थे । रहने के कमरों से लेकर बाथरूम तक का फासला तक़रीबन 100 मीटर से ज़्यादा का था। मेस के पीछे की ओर एक ग्राउंड थी जहां पानी के लिए सीमेंट की टंकिया बनाई गईं थीं ताकि सभी

बच्चे अपनी थालियां और कपड़े वहां ख़ुद-ब-ख़ुद धो सकें और सबको यही निर्देश दिए गए थे।

सुबह जल्दी आने की वजह से मुझे कमरा नंबर 1 में दाख़िला मिल गया था । वहां मेरे अलावा और विद्यार्थी भी थे जिनमें थानसिंह, राहुल,आशीष, पुष्कर, अशोक, कैवल्य, सोमा ,प्रशांत, पंकज, श्रीश और शामिल थे ।

हमारे रूम में सोमा सबसे शक्तिशाली, समझदार तथा दिल का मज़बूत लड़का लग रहा था ; और बाकी सब पतझड़ के सूखे पत्तों के माफिक़ हवा के झोंकों से उड़ने लायक लगते थे।

शाम होते होते सभी पालक अपने बच्चों को व्यवस्थित कर अपने गांव की ओर वापस लौट चुके थे।

सभी बच्चों को एक साथ खाना खिला कर अपने रूम में भेज दिया गया था , इस नसीहत के साथ कि सुबह घंटी बजते ही सभी को जल्दी उठना है ।

रात में सोने से पहले सभी बच्चों का एक दूसरे से परिचय कराया गया , ताकि सबकी आपस में जान-पहचान हो सके। रात में साढ़े दस बजे की घंटी बजते ही बत्ती बुझा दी गई थी । मगर आज नींद सभी की आंखों से नदारद थी । एकाएक श्रीश रोने लगा । फिर , उसका साथ पंकज और अशोक बख़ूबी देने लगे ; और हम सब भी मन

ही मन रो ही रहे थे। सोमा सब को समझाइश दे रहा था कि कुछ नहीं होगा ; और किसी को तकलीफ़ होने से वह देख लेगा।

यह हम सभी का पहला दिन था और यह दिन भी रात के साथ शुरू हो गया था : रात धीरे धीरे चढ़ रही थी और मध्य रात्रि तक आ पहुंची थी। मध्य रात्रि आते-आते अचानक किसी के रोने-सिसकने की आवाज़ें आने लगीं। साथ ही , 'सोमा ....सोमा ' का स्वर गूंजने लगा।

आवाज़ें धीमीं थीं , किंतु लगभग सभी जग गए। आवाज़ थानसिंह की थी जो सोमा से कह रहा था कि उसे पेशाब आई है; और सोमा बोल रहा था कि ' ठीक है, ठीक है। अब सो जा। डर नहीं लगेगा।'

थानसिंह बोल पड़ा," अरे बहुत अंधेरा है बाहर, मुझे डर लगता है; और ज़ोर से पेशाब भी आई है। "

सोमा बोल पड़ा, "ठीक है जाओ ... कुछ नहीं होगा"। और फिर वह सो गया।

थानसिंह एकाएक ज़ोर से रोने लगा और सोमा को हिला हिला कर कहने लगा," अरे ! तुमने कहा था न कि तुम

मदद करोगे .... कभी भी ... .. कहीं भी और आज पहला ही दिन है .. ... मदद नहीं करना चाहते ? जब मदद नहीं करनी थी तो ज़ोर ज़ोर से क्यों कह रहे थे कि मैं हूं ना .... मैं हूँ ना ?"

सभी की नींद खुल चुकी थी; और सभी हंसने लगे। सोमा को समझ में नहीं आ रहा था कि उसकी एक समझाइश पहले दिन ही क्या गुल खिला रही है ? और हमें भी पता नहीं चल रहा था कि सोमा की यह समझाइश भविष्य में क्या क्या गुल खिलाएगी ? क्या क्या करवाएगी ?

अगला दिन आ गया । यह हॉस्टल का पहला दिन था क्योंकि उसके पहले तो रात ही हुई थी।

सभी एक दूसरे से आंखों से ही बातें कर रहे थे।

नाश्ते के पश्चात गिनती कराई गई। फिर सभी को हॉस्टल के नियम समझाए गए। अपने आप को एवं चीजों को समझते - समझाते शाम हो गई।

शाम को पुनः गिनती करवाई गई। एक दूसरे से परिचय कराया गया। फिर स्वयंस्फूर्त सांस्कृतिक कार्यक्रमों की शुरुआत हुई।

बबलू, जो कमरा नंबर २ में रहता था, गाना गाया "मेरे देश की धरती ...." । राहुल ने एक जोक सुनाया । यह सिलसिला चल ही रहा था कि श्रीश ने भूत की कहानी सुनाई । सब लोग आश्चर्य और डर से सुन रहे थे। बच्चे थोड़ी देर के लिए भूत की दुनिया की सैर करने लगे थे।

इसी बीच खाने की घंटी बजी । बच्चे भूत की दुनिया से बाहर आ गए। मगर सोने के समय हम लोग ,जो कमरा नंबर १ में रहते थे, पुनः लग गए अपनी बातों में; और आज का विषय था -- श्रीश द्वारा दिया गया --- 'भूत' । सभी इसी पर चर्चा करना चाहते थे । सब को डर लग रहा था । मगर कोई चर्चा से भागना नहीं चाहता था।

इसी बीच सोमा बोल पड़ा," अरे पता है ! अपनी बिल्डिंग एक श्मशान के ऊपर बनी है !"

सोमा ने अचानक एक नया शगूफ़ा छोड़ दिया था कि बिल्डिंग श्मशान के ऊपर बनी है । एकाएक सब जग गए । सब के आंखों की नींद उड़ गई और सब एक दूसरे को आश्चर्य - मिश्रित निगाहों से देखने लगे । सब के दिलों में हल्का -सा डर और जिज्ञासा ने जन्म ले लिया; और इसी मौक़े पर श्रीश के अंदर का कथाकार पुनः जाग गया और वह नई नई कहानियां सुनाने लगा।

रात में हॉस्टल की बत्ती बुझा दी गई थी ।

मगर हम सबके दिमाग़ की बत्ती जल ही रही थी कि थानसिंह चीख पड़ा ,"भूत की कहानियां मत सुनाओ , मुझे डर लगता है" । आशीष भी सभी को जल्दी सोने के लिए मनाने लगा । पुष्कर भी कहने लगा कि सो जाओ कल सुबह पीटी के लिए जाना है। पीटी का नाम सुनते ही सब जल्दी से सोने के लिए चले गए ।

रात चल रही थी । अंधेरा बढ़ रहा था । घना अंधेरा छा रहा था । या यूं कहें कि पूरी बिल्डिंग को अंधेरे ने अपने आगोश में ले रखा था । और कुछ पहर के पश्चात् हम सभी नींद से गले मिल रहे थे।

कुछ समय पश्चात् किसी के रोने की , तथा ' सोमा .... सोमा ' पुकारने की आवाज़ें आने लगीं । सोमा गहरी नींद में था और नींद में ' हां, हां' कर रहा था कि थानसिंह उठ कर बैठ गया और सोमा को ज़ोर ज़ोर से हिलाने लगा। आशीष भी डर के मारे उठकर बैठ गया । साथ में पुष्कर भी । मगर सोमा अभी भी सो ही रहा था।

थानसिंग: " सोमा उठो , मुझे डर लग रहा है .. ... पर मुझे बाथरूम जाना है । "

पुष्कर : "फिर जा न । "

थानसिंह : "मैं अकेले नहीं जा पाउँगा .. तुम साथ चलो। "

यह सुनते ही पुष्कर डरकर चादर के अंदर घुस गया।

आशिष (हिम्मत जुटाते हुए):" चलो हम सब मिलकर चलते हैं।"

तीनो उठ खड़े हुए, और धीरे-धीरे बाहर चलने लगे। बरामदे की बत्ती जल रही थी। वह कमरे के बाहर चल पड़े। कमरा नंबर 2 में कोई हलचल नहीं थी । वे थोड़ा और आगे बढ़े । लाइब्रेरी की बत्तियाँ बुझी हुई थीं । मगर मेस पहुंचते-पहुंचते तीनों की चाल धीमी पड़ गई थी । अचानक पुष्कर बोल पड़ा,"अरे थानसिंह ! वहाँ कुछ हिल रहा है। "

थानसिंह ने ऊपर देखा ,मेस की दूसरी ओर कुछ हिल रहा था । आशिष नज़र उठाकर देखने लगा और बोला,"थानसिंह तुम बाद में बाथरूम जाना .... अभी कमरे में चलते हैं।"

थानसिंह : "मैं रुक नहीं पाऊँगा।"

पुष्करः "चलो , हनुमान चालीसा का जाप करते हैं।"

ऐसा कहकर उसने खुद ही जाप शुरू कर दिया ... *" जय हनुमान ज्ञान गुन सागर..."*

" जय कपीश तिहुं लोक उजागर" के साथ आशिष भी जुड़ गया और अगली पंक्तियाँ तीनों गुनगुनाने लगे। इसी जाप की लय में वे तीनों आगे बढ़ रहे थे कि अचानक मेस के दूसरी ओर की एक बत्ती बुझ गई।

आशिष पाजामे में हाथ पोंछते-पोंछते पीछे की ओर भागा । उसके पीछे पुष्कर , और फिर थानासिंह । तीनों सीधे अपने अपने बिस्तरों की ओर लपके और सशरीर कंबलों में पहुँच गए।

क़रीब दस मिनट के बाद थानसिंह के दिमाग़ के उपर उसकी प्राकृतिक आपदा पुन: घंटी बजाने लगी । वह पुनः उठ बैठा और पुन: सोमा को जगाने लगा । सोमा कुछ बुदबुदाते हुए उठ बैठा । वह बमुश्किल उठा था। फिर थानसिंह के साथ सोमा और उन दोनों के साथ आशिष और पुष्कर भी चल पड़े थानसिंह की मंजिल की ओर ..... हनुमान चालीसा गुनगुनाते हुए।

आए दिन सोमा की रातें हनुमान चालीसा के जाप के साथ,कमरे से बाथरूम और बाथरूम से कमरे की ओर ---इसी महामार्ग पर चलने में ख़र्च होने लगीं , क्योंकि हर दिन उसे किसी न किसी की पुकार सुनने पड़ती थी : उसने

वादा जो किया था । और अब नींद ख़राब होने के चलते वह गालियाँ भी देने लगा था।

इसी बीच हॉस्टल के कई बच्चों ने भूत की आहट को महसूस किया , ऐसी चर्चा थी। कई बच्चे उसे बिजली गुल होने पर महसूस करते तो कुछ बच्चे खिड़कियों के पट खुलने - बंद होने या टकराने पर महसूस करते थे। अक्सर रातों में हनुमान चालीसा की बदौलत ही कमरे से बाथरूम और वापसी का आवागमन संभव हो रहा था।

इसी बीच पांच नए बच्चों स्कूल में दाख़िल हुए थे , जिसमें हर कमरे में एक एक लड़क़े को भेजा गया था , जिसके तहत कमरा नंबर १ में अजिंक्य का दाख़िला हुआ था।

अक्सर रात में श्रीश की कहानियां ही समां बांधती थीं । मगर उसकी भूत की कहानियां सबके पेट में तूफान खड़ा कर देती थीं । श्रीश ने अजिंक्य का स्वागत भूत की कहानी से किया , जिसके चलते सोमा को पुन: हनुमान चालीसा के जाप के साथ बाथरूम की सैर करनी पड़ी थी।

धीरे-धीरे थानसिंह और अजिंक्य की दोस्ती गहराने लगी थी । दोनों साथ साथ घुमते , खेलते ,और रात में सोमा की मदद भी लेते थे। इन दोनों के चलते सोमा अक्सर गुस्से में रहता और हर रात सोने से पहले सबको न उठाने की हिदायत भी देता।

एक बार मध्यरात्रि में थानसिंह ने कुछ टकराने की आवाज़ें सुनी। शायद कमरे का दरवाजा था, जिससे कोई टकराया था। इसी आहट से उसे कंपकंपी छूटने लगी। वह कंबल के भीतर से एक आँख निकालकर इधर उधर झांकने लगा। अजिंक्य अपने बेड पर नहीं था। दरवाजा कर्कश ध्वनि के साथ आगे पीछे हिल रहा था, और किसी के 'धपधप' की थाप के साथ चलने की आवाज़ें आ रही थीं --- रात का सन्नाटा चीरकर।

थानसिंह ने पुष्कर को जगाया। इसी हलचल में आशिष भी जाग गया।

थानसिंह: (कंपकंपाते स्वर में) , "अबे. .... इधर कोई धपधप कर चल रहा है।"

पुष्कर की आँखें बड़ी बड़ी हो गईं , और वह बोला, "कोई भूत तो नहीं है ? "

आशिष दोनों के मुखों को निहार रहा था। निहारते निहारते वह बोला,"अबे .... भूत वूत कुछ नहीं होते हैं।"

लेकिन उसकी आवाज़ में विश्वास की कमी साफ़ झलक रही थी।

थानसिंह: "वो मेस के हवादान पर बैठा था .... शायद। दरवाज़े से अंदर भी आया था ।क्योंकि वह दरवाज़े से टकराया ज़रूर था।"

आशिष भी जी-जान से हिम्मत जुटाते हुए बोला ,"ऐसा कुछ नहीं होता है।"

मगर इस बार उसकी आवाज़ के साथ उसके कदमताल में भी विश्वास नहीं झलक रहा था।

पुष्कर : "हनुमान चालीसा गा , भूत भाग जाएगा। चलो देखते हैं ... ।"

बातें सुनकर श्रीश भी जाग गया। आँखें मलते हुए -- स्थिति का जायज़ा लेते हुए – वह भी बातों में कूद गया।

श्रीश :" मैंने उसे उस दरवाजे से अंदर आते हुए देखा था" (उसने दरवाज़े की ओर इशारा किया) सभी आँखें फाड़कर दरवाज़े को देखने लगे : शायद दरवाज़ा हिल रहा था।

फिर वह बोला ,"उसके पैर उल्टे थे ।"

बातों का दौर जारी ही था कि थानसिंह बोल पड़ा , " मुझे ज़ोर से बाथरूम आई है। "

आशिष (ग़ुस्से में उबलते हुए) : "साले ! तू हर रात को तकलीफ़ देता है ; उपर से उधर भूत भी घूम रहा है।"

पुष्करः "चलो सोमा को उठाते हैं।"

थानसिंह : "अबे ! सोमा ने मुझे अंतिम चेतावनी दी है।"

श्रीश : "मुझे भी बाथरूम जाना है।"

आशिष : "चलो मैं भी चलता हूँ।"

ऐसा कहकर सब एक साथ चल पड़े।

आशिष दरवाज़े से बाहर बरामदे में पहुंच चुका था ; पीछे थानसिंह और पुष्कर भी।

श्रीश बाहर निकलने के जुगत में दरवाज़े से टकरा गया। फिर धम्म की आवाज़ हुई, रात का सन्नाटा चीरते हुए। चारों के दिल ज़ोरों से धडकने लगे। थानसिंह हवादान के देखने लगा , आशिष दरवाजे को ; पुष्कर और श्रीश एक-दूसरे को। सभी की आँखों की परिमिति लगभग बराबर ही थी , उच्चतम सीमा पर।

श्रीश दौड़कर आशिष के पास पहुंच गया और उसी वेग से बोल पड़ा " अबे ! मुझे किसी ने पकड़ लिया था .... शायद दरवाजे के पास कोई था "।

आशिष : " उसके पैर उल्टे थे क्या ? "

कोई कुछ और बोल पाता वैसे ही पुष्कर ने ," *जय हनुमान ज्ञान गुन सागर*" से शुरुआत कर दी ।

आशिष " *जय कपीश......* " से साथ देने लगा तथा" *रामदूत अतुलित बल धामा*" से श्रीश और थानसिंह जुड़ गए।

श्रीश की बातें सुनकर सब की सिट्टी पिट्टी गुम हो गई । मगर अब बरामदा हनुमान चालीसा से गुंज रहा था । चारों एक दूसरे का हाथ पकड़ कर बढ़ने लगे ।

एकाएक' किर र र र्' की आवाज़ हुई और मेस के रोशनदान के पट खुल गए ।

श्रीश हनुमान चालीसा पढ़ते पढ़ते रुक गया और एक उंगली ऊपर दिखाते हुए बोल पड़ा " अबे ! वहां पर कोई है ?"

थानसिंह और पुष्कर भी जाप भूलकर ऊपर देखने लगे । मगर गर्दन ने मानो ऊपर उठने से मना कर दिया।

आशिष (रोते रोते) : "अबे ! हनुमान चालीसा गड़बड़ पढोगे तो हनुमान जी भी मदद नहीं कर पाएंगे। "

वैसे ही चारों का " *अंजनि पुत्र पवनसुत नामा*

... महावीर विक्रम बजरंगी ... कुमति निवार सुमति के संगी"

जाप चल ही रहा था कि थानसिंह बोल पड़ा," अरे ! मैंने एक बात नहीं बताई।" सभी उसका मुँह ताकने लगे । वह कहता गया ," भूत अजिंक्य को उठा ले गया !"

एकाएक श्रीश की आँखें चमक उठीं ।" हां ! मैंनें देखा था" , वह बोला,"अजिंक्य को उसने दरवाज़े से पटका भी था।"

पुष्कर : " हां ! 'धम्म' की आवाज़ तो मैंने भी सुनी थी। "

अब सब सकते में थे । थानसिंह बोल पड़ा ,"अबे जल्दी चलो ना ... मुझे बहुत ज़ोर से आई है। "

आशीष : "हनुमान चालीसा क्यों बंद किया था? अब तो और कोई मदद नहीं मिलेगी।" कहते कहते वह रुआंसा हो गया।

पुनः सभी हनुमान चालीसा गुनगुनाने लगे मगर किसी के सुर आपस में नहीं मिल रहे थे। हिम्मत जुटाकर सभी मेस में पहुंचे ही थे कि ऊपर का रोशनदान ज़ोर से हिलने लगा ....

खटपट की आवाज आने लगी और इसी बीच अचानक मेस की ट्यूब लाइट बंद हो गई।

चारों दौड़ कर रोशनदान को पार कर गए और मेस में घुस गए। तभी एक परछांई शौचालय की ओर चलती दिखाई पड़ी ....

यह देख श्रीश बरबस रो पड़ा, और चीखकर बोला," अबे ! वहां भूत है देखो .... कोई चल रहा है !"

थानसिंह बोल पड़ा, " उसके पैर उल्टे हैं क्या ?"

पुष्कर बमुश्किल नीचे देखते हुए बोला पड़ा, " शायद उल्टे ही हैं। "

अभी भी बाथरूम से 40 मीटर की दूरी बची हुई थी। रोशनी कम ही थी। अंधेरा बरक़रार था। हवाएं चल रही थीं।

एक लंबा- सा बांस ज़मीन में गड़ा हुआ था । उसके ऊपर दो बल्ब टंगे हुए थे । शायद रोशनी के लिए ही बनाया हुआ था , हाई मास्ट की तरह ।

हवा की वजह से वह हिल रहा था और उसकी की वजह से रोशनी और रोशनी की वजह से परछांई ।

अचानक पुन: दरवाज़े से कुछ टकराने की आवाज़ हुई । वैसे ही चारों 'भूत भूत 'चिल्लाते हुए , मेस से गुजरते हुए, रोशनदान के नीचे से ,अपने रूम की ओर दौड़ पड़े । चारों चिल्लाने के साथ साथ ज़ोरों से रो भी रहे थे ।

रोते-रोते वह अपने रूम में घुसने ही वाले थे कि शोर सुनकर हाउस - वार्डन पहुंच गए ।

माजरा समझ कर ,चारों को लेकर हाउस -वार्डन मेस की ओर बढ़ रहे थे ; साथ ही चारों के रोने का स्वर भी बढ़ रहा था ।

इसी कोलाहल में और बच्चे भी जग गए ।

सब लोग वार्डन के पीछे पीछे चल रहे थे । आशीष , पुष्कर, श्रीश, थानसिंह – सब हनुमान चालीसा का जाप कर रहे थे ।

वार्डन ने थानसिंह को आगे बढ़ने का आदेश दिया। वह धीमे-धीमे दो चार कदम आगे बढ़ा। फिर पूरी ताक़त से पीछे भाग गया। उसके पीछे आशीष, और पुष्कर और श्रीश भी।

वार्डन सर उन्हें रोकने की पुरज़ोर कोशिश कर रहे थे। मगर वे भाग कर सीधे अपने बिस्तररों में घुस गए, कंबलों के अंदर।

बाक़ी बच्चे वार्डन के पीछे चल रहे थे। वह मेस के पास से होते हुए ,पीछे ग्राउंड से होकर बाथरूम की दिशा में चले।

वहां एक इंसान की परछांई दिख रही थी। बाक़ी बच्चे एकाएक ठहर गए।

वार्डन अभी भी आगे बढ़ रहे थे।

फिर वे भी भी एकाएक रुक गए। वहां एक बच्चा आंखें बंद कर टहल रहा था।

वार्डन ने आवाज दी ," अजिंक्य ... अजिंक्य ! "

मगर वह आंखें मूंदकर ही आगे पीछे हो रहा था।

दौड़कर वार्डन ने उसकी आँखों पर पानी के दो-चार छींटे मारे। एकाएक वह तड़प कर इधर-उधर देखने लगा, मानो अचानक किसी गहरी नींद से जगा हो।

वार्डन ने पूछा, "यहां क्या कर रहे हो ?"

अजिंक्य बोल पड़ा., " पता नहीं ... मैं तो रूम में ही सो रहा था।"

अगले ही दिन अजिंक्य के माता-पिता स्कूल में आए, कुछ मिठाईयां, चिवड़ा और चकली लेकर।

कमरा नंबर 1 के सभी बच्चे उनके इर्द-गिर्द ही थे, मिठाइयों पर हाथ साफ़ कर रहे थे।

अजिंक्य के माता पिता ने बताया कि अजिंक्य को नींद में चलने की आदत है। दरवाजे से टकराने से भी उसकी नींद नहीं जाती है।यह सुनकर सभी लोग मुस्कुरा रहे थे ;और अजिंक्य शरमा रहा था ,अपनी आदत पर, थान सिंह, आशीष ,पुष्कर अपनी हरकत पर, श्रीश अपनी मनगढ़ंत कहानियों पर और सोमा कठिन समय में सबके साथ नहीं चलने के अपने फैसले पर ....

3.नवोदय हॉस्टल का नाश्ता

हॉस्टल या विद्यार्थी गृह...... मतलब ऐसी जगह जहां पचास फ़ीसदी लोग बड़ी खुशी से ज़िंदगी का आनंद उठाते हुए जीते हैं और बचे हुए पचास फ़ीसदी ज़िंदगी का बोझ ढोते हुए ।

मैं छठवीं कक्षा में 'जवाहर नवोदय' में दाख़िल हुआ था -- यानी कि हॉस्टल में-- एक शानदार एहसास के साथ , जिसमें दर्द भी शामिल था और ख़ुशी भी । दर्द, आई-बहन-भाई से दूरी का और ख़ुशी, पिता के मिलिट्री शासन से छुटकारा पाने की ।

विद्यार्थी- गृह में काफ़ी नियम हुआ करते थे और मुझे किसी नियम से कभी कोई परेशानी या परहेज़ नहीं था, क्योंकि मैं उससे भी अधिक और कठिन नियमों का पालन घर में करता आया था । यहां तो मुझे सुकून मिल रहा था ; और कुछ आज़ादी का एहसास भी था । कभी सुकून इसीलिए मिलता था कि कुछ लोग नियम पालन करते-करते परेशान हो रहे थे ,और कभी सुकून इसीलिए भी मिलता था कि मुझे कोई परेशानी नहीं हो रही थी ।

हम लोग सुबह साढ़े पांच तक उठते और सभी एकसाथ व्यायाम के लिए मैदान पर पहुंचते । फिर स्नान । फिर सामुदायिक नाश्ता ।

स्कूल में नाश्ते का समय साढ़े सात से साढ़े आठ का था । वैसे भी, यह समय मनोरंजन की पोटली हुआ करता था क्योंकि इसी दौरान व्यायाम की मनोरंजक बातें और गप्पें लड़ाने का अवसर मिलता था ।

मेरे साथ मेरे दो नए दोस्त थे --पवन और संदीप ।

हम तीनों की दोस्ती की वजह कुछ अलग थी ।

हम लोग अक्सर किसी भी पंक्ति में आसपास ही बैठते थे

। जब कुछ बंट रहा हो --जैसे मिठाई या पिटाई, ड्रेस,जूते इत्यादि । कक्षा में भी हम लोगों की बैठने की व्यवस्था भी आसपास ही हुआ करती थी ।

नवोदय की लगभग हर व्यवस्था में हम लोग हमेशा आगे

ही रहते थे ,क्योंकि हम लोग उस श्रेणी के विद्यार्थी थे कि जिनकी ऊंचाई, अथवा क़द – काठी ,कक्षा में सबसे कम हुआ करती थी । विद्यार्थियों के कक्षा में पीछे बैठने से, या उनके पंक्ति में पीछे खड़े होने से, न तो शिक्षक उन्हें देख पाते और न ही वह शिक्षकों को । इन्हीं समानताओं के चलते हम लोग दोस्त बने थे ।

संदीप एक शानदार चित्रकार था, जो अक्सर जेब में क्रेयॉन या रंगीन पेंसिल लेकर घूमता । पवन

ख़ुराफ़ाती था, जो अक्सर जेब में कंचे और लोहे के छर्रे

लेकर घूमता ; और मैं ख़राब चित्रकार और ठीक-ठाक ख़ुराफ़ाती था जो जेब में गेंद लेकर घूमता ।

कम ऊंचाई के वजह से हमें अच्छा और स्वादिष्ट नाश्ता भी सबसे पहले चखना पड़ता और बेस्वाद वाला भी । पंक्ति में पीछे खड़े बच्चे हम लोगों की शक्ल देख कर नाश्ते की गुणवत्ता निर्धारित करते और नाश्ता कितना लज़ीज़ होगा इसका अनुमान लगाते थे । साथ ही वे लोग नाश्ता कितना लेना है और कैसे समाप्त करना है, इसकी योजना भी बनाते ।

वैसे भी नाश्ता संपूर्ण समाप्त करने की योजना होना आवश्यक था क्योंकि आपके द्वारा फेंका गया अन्न का एक भी दाना आप को इंसान से किसी पशु-पक्षी में तब्दील कर सकता था ।

नाश्ते के दौरान फ़िजिकल एजुकेशन (पी इ टी) के सर आपकी ओर हमेशा नज़रें गड़ा कर ताकते रहते थे , आपके चेहरे पर कम और आपकी थाली पर ज़्यादा । फेंका हुआ अन्न आपको मुर्ग़ा बनाने की क्षमता रखता था और क़रीब 20 मिनट के लिए 'कुकड़ूं कूं' करते हुए हॉस्टल की मेस के चक्कर लगाने के अवसर भी देता था ।

हाल ही में, मेस में एक नए ख़ानसामे की नियुक्ति हुई थी। उसका नाम था 'अन्ना' ।

अन्ना हमेशा माइक टायसन की तरह बाल मुंडा कर रहता था इसीलिए लोग उसे तबले वाला 'डग्गा' भी कहा करते थे , अक्सर ।

'डग्गा 'के आने से पहले,नाश्ते में रोटी-सब्जी, पूरी-चना, आलू-पोहा, सूजी का हलवा मिला करता था और यही दोहराया जाता रहता था , सिवाय रविवार के ।

रविवार का नाश्ता तेल का पराठा और आलू की सब्ज़ी हुआ करता था,जो हम सभी के लिए बेशक़ीमती था । सभी लोग उसे दो बार खाने का मंसूबा रखते थे, क्योंकि तीन पराठे और सब्ज़ी का स्वाद,पेट और मन दोनों की भूख शांत नहीं कर पाता था । कभी-कभी रविवार के नाश्ते के लिए भेस बदल कर भी बच्चे दोबारा पंक्ति में खड़े हो जाते थे ।

'डग्गा' का घर आंध्र प्रदेश की सीमा के पास था , और इसीलिए उसे नाश्ते में सूजी का तीखा उपमा परोसना अच्छा लगता था । उसपर भी, जो उपमा बनता था,वह हल्दी के संपर्क में आने से पीला तो पड़ जाता था , मगर कुछ 'लड्डे' कच्चे रह जाते थे । 'डग्गा' आने के बाद से कच्चे 'लड्डे' समाप्त करना भी एक नया उपक्रम बन गया था ।

हास्टल में हम लोग क़रीब 75 बच्चे थे । इतने लोगों का खाना और नाश्ता साथ ही बनता था । कभी कुछ अन्न बच जाता, या कुछ गिर जाता था ,और इसी का फ़ायदा उठाकर कुछ कुत्तों ने अपने परिवारों को भी वहीं बुला लिया था । साथ में कौवों की जमात भी वहीं मंडराती रहती थी ।

एक दिन ,उपमा का 'लट्ठा'-युक्त नाश्ता फिर नाश्ते की प्लेट में सज चुका था । तीन-चार गिलास पानी के ज़ोर से भी वह पेट में नहीं उतर पा रहा था । सबकी आंखें चुराकर पवन ने उसे कुत्ते को परोसा । कुत्ते ने झपट कर निगल लिया ।

पवन ने अपने कालर ठीक कर लिए और छाती फुलाते हुए , एक हल्की- सी, कृत्रिम डकार लेकर बोल पड़ा, "अबे ! मेरा तो समाप्त हो गया ; तुम लोग जल्दी करो ,क्लास को लेट हो रहा है "।

वह छाती फुलाकर बोल ही रहा था कि अचानक बोलते बोलते चीख पड़ा, "आssssssssssई......ई ।"

उसी समय किसी ने उसके कान मरोड़ दिए थे । संदीप और मैंने नजर उठा कर ऊपर देखा, तो सामने पीटी - सर थे ।

पी टी सर: " क्यों रे गधsssधे......नाश्ता क्यों फेंका?"

पवन: "चुकी हो गयी सर ।"

'चुकी हो गयी' --- यह 'गलती हो गयी' का मराठी से हिंदी में तद्भव रूपांतर था।

और अगले ही पल हमारा दोस्त इंसान से गधा बन गया था और गधे से मुर्ग़ा बन कर 'कुकड़ू कूं ' कर रहा था ,मेस के इर्द-गिर्द ।

दो दिन बाद 'डग्गा' ने फिर उपमा बनाया --- वैसा ही कच्चा , वैसा ही अधपका ।

आज फिर वही समस्या सामने थी , उपमा समाप्त करने की ।

पी टी- सर आसपास मंडरा रहे थे , अपनी तेज़ ,पैनी और मुस्तैद आंखों के साथ ।

कुत्तों की जीभ भी लपलपा रही थी । वह आशापूर्ण नज़रों से पवन को देख रहे थे । शायद उनको पवन पर कुछ ज़्यादा ही भरोसा था ।

संदीप और मैं भी इसी ताक में थे कि नाश्ता कैसे साफ़ करें ?

छत पर कौवों का रेला लगा हुआ था ;और सबकी नज़रें चुराकर संदीप ने उपमा का एक छोटा सा लड्डू बनाकर छत पर उछाल दिया । लड्डू नीचे गिर ही रहा कि एकाएक एक कौवे ने उसे अपनी चोंच में लपक लिया ।

हम तीनो ,आश्चर्य-मिश्रित ख़ुशी से , एक दूसरे को निहार रहे थे : यह तो एक नया तरीका निकला ,उपमा समाप्त करने का ।

मैंने अगला लड्डू उछाला । वह भी आसमान में लपका गया । 'डग्गा' का उपमा समाप्त किया गया , वह भी बिना जमीन पर कोई निशान छोड़े ।

हम लोगों में से आज कोई भी मुर्ग़ा नहीं बना था ,और न ही गधा ।

इन्हीं कौवों के भरोसे,पिछले कई दिनों से हम पूर्णतय: मानव ही बने हुए थे ।

आज फिर 'डग्गा' ने उपमा बनाया था , और हम लोगों के लिए अब यह कोई बड़ी मुसीबत नहीं रह गई थी । बल्कि हम लोग ख़ुश थे, क्योंकि 'डग्गा' की वजह से हमें दो नए खेल खेलने को मिल रहे थे ।

एक,' डग्गा ' के बनाया हुए नाश्ते से कौवों को कैच प्रैक्टिस कराना ; और दूसरा , सर्वशक्तिमान पीटी -सर की आंखों में धूल झोंकना ।

आज पवन कुछ ज़्यादा ही ख़ुश था क्योंकि पीटी- सर छुट्टी पर थे , और कोई ताक-झांक करने वाला नहीं था ।

आज पवन कौवों के साथ कुछ नया प्रयोग करना चाह रहा था और उसे रोकने वाला कोई नहीं था ।

उसने उपमा का लड्डू बनाया और उसके अंदर ढेर सारा नमक डाला और उसे आसमान में उछाला । लड्डू फिर आसमान में लपका गया ।

मगर जो खारापन हम नमक की वजह से महसूस करते थे, वह खारापन कौवे ने महसूस नहीं किया था । पवन को उम्मीद थी कि ज़्यादा नमक के चलते वह उल्टी करेंगे या फिर पानी पीने भागेंगे । मगर वैसा कुछ हुआ नहीं था । वह दु:खी हो गया । मगर उसने हार नहीं मानी । बल्कि अबकी बार उसने मिर्च के टुकड़े उपमा में मिलाए और लड्डू बनाकर आसमान में उछाल दिया । मगर कौवे उसे आनंद से लपक रहे थे , जिससे पवन के हाथ निराशा ही लग रही थी ।

एकाएक उसकी नज़र नीचे पड़े कंकड़ के ऊपर गई । उसने एक छोटा - सा कंकड़ उठा लिया और उसे उपमा में लपेटा और ऊपर उछाला ।

कांव-कांव करता हुआ कौवा आया , झट से लपका , फिर निगला ; और उसने अगले ही पल उसे बाहर उगल दिया ।

यह देख पवन की बांछें खिल गईं , खोई हुई खुशी लौट आई । अगले दो-तीन मिनट यह सिलसिला चलता रहा था : कंकड़- युक्त उपमा का लड्डू.... ऊपर उछालना....... कौवे का लपकना...... फिर उगलना ; और हम सबका खिलखिलाना ।

अब जमीन पर कंकड़ नज़र नहीं आ रहे थे । हम लोग इस खेल को और खेलना चाहते थे । मगर कंकड़- रूपी संसाधन समाप्त हो चुके थे । इसी बीच पवन चीख पड़ा, " अबे रुको! मेरे पास कंचे हैं ।"

फिर क्या था ! कंकड़ की जगह कंचा । फिर उपमा का लड्डू ऊपर उछालना ; कौवे का लपकना , फिर उगलना ; और हम सबका खिलखिलाना ।

इसी आपाधापी में कौव्वे ने एक कंचा उगल तो दिया , मगर वह गंदी सी नाली में जा गिरा ।

पवन दुःखी हो गया। उसे कंचे बहुत प्यारे थे। मगर यह खेल भी उसे प्यारा था । उसने जेब से दो कांच के कंचे और एक लोहे का छर्रा निकाला । उसने कंचे और छर्रे का लड्डू बनाया और संदीप और मुझे थमाया ; और बोला, " तुम लोग यहां से फेंकना। कौवे द्वारा उगला हुआ कंचा मैं लपक लूंगा।" यह तरकीब अच्छी थी। हम दोनों को पसंद आ गई ,क्योंकि लड्डू फेंकने का मौका हमें मिलने वाला था।

अब संदीप के हाथ में दो उपमा के कंचे- भरे लड्डू थे; और मेरे पास एक ही लड्डू था जिसमें लोहे का छर्रा भरा हुआ था।

एकाएक संदीप ने लड्डू ऊपर उछाला। एक कौव्वे ने लपका , निगला , और फिर उगला।

कंचा नीचे गिरने वाला था कि पवन ने मोहम्मद अजहरुद्दीन की तर्ज़ पर उसे हवा में लपक लिया । हम सब खिलखिला उठे। क्योंकि योजना क़ामयाब रही थी । इसी बीच खुशी से दौड़ता हुआ पवन हमारे पास आया और बोला ," तुम दोनों लड्डू को एक साथ उछालो। फिर मज़ा आएगा। यह एक नया पैंतरा था ,कौवों के साथ खेलने के लिए ।

हम लोगों ने उत्साह में हामी भर दी । पवन ने नाली के ऊपर अपनी स्थिति संभाली। संदीप ने पहला लड्डू ऊपर उछाला। चार-पांच कौवे एक साथ टूट पड़े।

मुझे भी ज़ोर से इशारा किया, " अबे...तू भी फेंक ।"

मैंने भी लड्डू उपर उछाला । मेरे पास लड्डू उछालने का एक यही मौका था । इसीलिए मैंने थोड़ा ज़्यादा ऊपर फेंक दिया ।

संदीप का फेंका लड्डू एक कव्वे ने निगला । और इसी बीच मैंने जो लड्डू ऊपर फेंका था वह झर्र से नीचे आने लगा। यह न्यूटन का गुरुत्वाकर्षण का सिद्धांत था या छर्रे का वज़न-- पता नहीं ;मगर वह बहुत तेज़ी से नीचे आ रहा था ।

चार-पांच कौवे एक साथ उसपर टूट पड़े ; मगर वह उनके अनुमान से ज़्यादा गति से नीचे आ रहा था ।

संदीप के द्वारा फेंके गए लड्डू को एक कौवे ने उगल दिया । पवन एक दो क़दम पीछे गया और लपका , एकदम मोहम्मद अजहरुद्दीन की तरह ।

हम सब खुशी मना ही रहे थे कि मेरे द्वारा फेंका गय उपमा का लड्डू नीचे आ रहा था । उसके ऊपर की उपमा की परतें ' रॉकेट' के टूटे हुए पुर्जों की तरह बिखर रही थीं । सभी कौवे उन बिखरे हुए पुर्ज़ों पर अपना ध्यान केंद्रित कर रहे थे , और उगल रहे थे कि 'टनाक' की आवाज हुई ; और साथ में 'आssssssई ,

आssssssई ' की आवाज़ के साथ किसी के रोने की आवाज़ भी आने लगी । यह आवाज़ पवन की थी ।

वह छर्रा सीधा पवन के सिर से टकराया था । वह अनुमान से ज़्यादा गति से नीचे आया था ,और उसी से 'टनाक' की आवाज़ हुई थी ।

हम दोनों दौड़ कर पवन के पास पहुंचे । वह दोनों हाथों से सिर को दबाए हुए था , और ज़ोरों से रो भी रहा था । संदीप और मैं एकाएक सकते में आ गए । पवन के सिर के ऊपर एक ' टेंगू ' उभर आया था । हम तीनों चुपचाप कक्षा की ओर बढ़ गए , बिना किसी चिकित्सकीय मदद के ; क्योंकि चिकित्सा के द्वार हमें इंसान से गधा और फिर मुर्ग़ा बनाकर ही बंद होने वाले थे ।

-----------*------------*------------------

4- आम मंथन

हमारे खेल का मैदान स्कूल से थोड़ा दूरी पर , मगर बहुत सारे संसाधनों से घिरा हुआ था।

पूर्व में जंगल - झाड़ियां, पश्चिम में झुग्गी- झोपड़ियाँ , उत्तर में खेत और दक्षिण में एक तालाब।

तालाब से हम सब का गहरा रिश्ता था; क्योंकि यह नहीं होता तो हमारी सुबह नहीं होती , और न ही हमारा दिन होता । क्योंकि प्रथम वर्ष में हमारे दिन की शुरुआत इसके दर्शनों से ही होती थी । कभी-कभी दिन में दो-तीन बार भी इसके दर्शनों के लिए आना पड़ता था। और कुछ लोगों को रात्रि के भोजन के पश्चात भी इसके दर्शनों की लत लगी हुई थी।

मगर यह हम सब के लिए एक ख़ास जगह थी : हम सबकी ज़रूरत की जगह , यानी हमारा सुलभ शौचालय ; जिसको हम लोग लोटा - परेड कहते थे।

हमारा स्कूल और विद्यार्थी-गृह अस्थाई व्यवस्था में चल रहे थे , जहां 70 बच्चों के लिए पर्याप्त व्यवस्थाएं नहीं थीं।

उस समय, देश में शौचालय के प्रति जागृति और खुले में शौच के प्रति विकृति की धारणाएं अंकुरित नहीं हुई थीं। शायद सुबह की शौचालय की मांग का भार संभालने की व्यवस्थाएं शनैः शनैः ही विकसित की जा रही थीं ,जिसकी वजह थी सीमित संसाधन ।

किसी भी जगह पर आप बारंबार आते जाते रहते हैं, तो उस जगह से आपका भावनात्मक लगाव हो ही जाता है। ठीक वैसा ही भावनात्मक लगाव उस तालाब और उसके आसपास के परिसर से हमारा भी हो गया था। जिसकी कुछ वजहें इस प्रकार की हैं :-

पहली , इससे दिन की शुरुआत होती थी।

दूसरी, यहां आने से समय आसानी से कटता था , क्योंकि यहां अनुशासन आप पर हावी नहीं होता था और आप अनुशासन की बेड़ियों से मुक्त रहते थे।

तीसरी, यहां आते जाते खेल के मैदान के दर्शन होते थे जो सुकून देते थे ।

चौथी, तालाब के आसपास आम और बेर के ढेरों पेड़ थे, जो किसी राष्ट्रीय योजना की तर्ज़ पर हमें फल मुहैया करवा देते थे,बिना किसी राशन कार्ड के। बस शर्त यह थी कि आपको अपने हिस्से के फल ख़ुद ही तोड़ने होंगे।

और , पांचवी वजह यह थी कि यह संसाधन स्कूल-प्रशासन की पानी की कमी की आपदा- व्यवस्था में सहयोग करते थे।

तालाब से सटी हुई एक मेड़ थी जिसके ऊपर 10-12 बड़े-बड़े आम के पेड़ थे तथा कुछ बेर के भी पेड़ थे ।

फ़रवरी समाप्त होते-होते नवोदय में हमारा आगमन हो चुका था। मार्च से ही गर्मी और पानी की क़िल्लत का सामना करना पड़ रहा था।

आते जाते हम लोग हरे हरे आम के पेड़ों पर ग़ौर करते। जहां कभी हमारी नज़रें पेड़ पर फली हुई कैरियों से तो

कभी कोयल से टकरातीं जो हमें अपने घर से दूरी की टीस को भरने में मदद करते थे।
मुनेंद्र, हम सब में लंबा और शक्तिशाली लड़का था, जो इस लौटा- परेड का संचालन करता था। हम लोग 'नवोदय 'के नियम के अनुसार तीन -तीन की लाइन में मार्च पास्ट करते हुए, हर जगह पहुंचते जिसे 'इन त्रिज' भी कहते हैं। इसी नियम पर हम सभी पंगतियाँ बनाकर जाते और मस्ती भी करते रहते।

शिवलाल, शरद और मैं जब भी इस ओर आते तो हम इन पेड़ों पर निगाह गड़ाते रहते क्योंकि हम तीनों को आमों से ख़ासा लगाव था।और हम तीनों पर मुनेंद्र नज़र रखा करता था।
पेड़ों पर कहीं कैरियां सिर उठाने लगी थीं तो कहीं आम का बौर सजा हुआ था।

हम तीनों आस लगाकर कैरियों को देखते । तब मुंह में आम का ज़ायका खुद-ब-खुद तैरने लगता था और मुंह की लार को वापिस गले में खींचना पढ़ता था।

अप्रैल के मध्य तक कैरियां आम में तब्दील हो चुकी होती थीं और पेड़ों पर लदा हुआ बौर कैरिओं में तब्दील हो चुका होता था।

हम लोग प्रात- विधि के नाम पर तालाब के मोड़ पर आते और जल्द से जल्द कुछ जुगाड़ कर या पत्थर मारकर आम तोड़ते और इकठ्ठा करते थे।

शरद बड़ा निशानेबाज़ था जो सबसे से अधिक आम गिराता था।

हम लोगों को मुनेंद्र शिकायत करने की धमकी दिया करता था , तो हम लोग उसे अपने हिस्से के आधे आम दे देते थे। कुछ दिनों के पश्चात शिकायत न करने की शर्त पर आधे आम मुनेंद्र को दे देने का अलिखित क़रार भी हो गया था।
मुनेंद्र टूटे-फूटे कमज़ोर आम स्वीकार नहीं करता था। उसे हमेशा अव्वल दर्जे के आम देने पड़ते थे , जो हम लोगों को पसंद नहीं था। मगर उसके अलावा और कोई चारा भी नहीं था।
आधे घंटे की मेहनत से हम लोग मुश्किल से पांच- छह आम गिरा पाते थे और क़रार के अनुसार उसमें आधे , मगर अच्छे , आम मुनेंद्र हथिया लेता था। साथ ही, बचे हुए आमों पर हमारे बाक़ी दोस्त भी नज़र गड़ाए रहते थे और हर पल आम हथियाने की कोशिश करते रहते। इसी के चलते हम लोग बचे हुए टूटे-फूटे आमों को नमक और मिर्च की बुकनी के साथ चटकारे लेकर खाते थे।
इस चक्कर में बमुश्किल आधा आम भी नसीब नहीं होता था । घंटों की मेहनत के कारण ,और पत्थर मार मार कर निशाना साधते साधते, कंधे भी दर्द करने लगते थे।
शिवलाल आम की कमी से दु:खी हो रहा था और इसीलिए हम लोगों ने शनिवार को योजना बनाई कि आज अधिक से अधिक आम खाना ही है क्योंकि आम अब ज़्यादा दिनों तक पेड़ों पर बचे रहेंगे, इसकी उम्मीद कम थी ।

शिवलाल की योजना के अनुसार हम तीनों ने पचास पचास पैसे इकट्ठे किए और सप्ताहिक बाज़ार से एक

नायलॉन की रस्सी ख़रीद ली। उसके एक सिरे पर पत्थर बांध दिया और हम मुनेंद्र की अगुवाई में चल पड़े मिशन-आम के लिए।
रस्सी के साथ पत्थर फेंकना एक अद्भुत उपक्रम था क्योंकि अधिकतर पेड़ जिस पर आम लगे हुए थे . वह अच्छे ख़ासे ऊँचे थे , जिन पर रस्सी का एक सिरा हाथ में थामकर दूसरा सिरा पत्थर के भरोसे आम से लदी डालियों के ऊपर फेंकना था ;और उस रस्सी को थामना भी था, ताकि रस्सी के दोनों सिरों की मदद से पेड़ का मंथन किया जा सके और आम- रूपी अमृत पाया जा सके ।

पत्थर - उछाल कार्यक्रम चल रहा था। बहुत बार पत्थर पेड़ से टकराकर रस्सी के साथ वापस ज़मीन पर आ गिरता। कभी पेड़ से टकराकर पत्थर रस्सी का दामन छोड़ देता और कहीं और चला जाता।
समय बीत रहा था।
इधर मुनेंद्र हड़बड़ी कर रहा था -- ' जल्द से जल्द हॉस्टल वापस चलो ' की गुज़ारिश कर रहा था । क्योंकि वहां ज़्यादा देर रुकना संभव नहीं था। हॉस्टल से बाहर गए बच्चों की खोज में कभी भी किसी के निकल पड़ने और बच्चों को खोजते हुए उसके यहां पहुंचने का अंदेशा हमेशा बना रहता था ।

पेड़ पर रस्सी फेंकने की मेहनत जारी थी । और रस्सी को पेड़ में फंसाने की जद्दोजेहद भी। आखिरकार वह घड़ी भी आ गई, जब हमारी मेहनत के आगे हारकर रस्सी पेड़ में सकुशल फंस गई और अपना दूसरा सिरा भी हमें थमा गई।

हम सब की लॉटरी लगभग लग ही गई थी ।

मुनेंद्र के अंदर एकाएक विवेक जाग गया ; और उसने घोषणा कर दी कि, " आज भी वह टूटे-फूटे आम स्वीकार नहीं करेगा ।"

तभी शिवलाल ने अपने बैग में से एक चादर बाहर निकाली और बोला," अब आम नीचे नहीं गिरेंगे क्योंकि हम सब इस चादर के ऊपर आम को इकट्ठा करेंगे। "
शरद और मैं, दोनों कमज़ोर प्राणी थे; इसीलिए हम दोनों को चादर थमाई गयी और मुनेंद्र और शिवलाल ने रस्सी से आम- मंथन करने का निर्णय लिया।
मंथन शुरू हो गया , दो आम हमारी चादर रूपी झोली में गिर चुके थे।
जैसे-जैसे मंथन हो रहा था पत्ते जोरों से हिलते और साथ में आम भी हिलने लगते और गिर जाते ।

कभी कभी एहसास होता था कि बिना रस्सी के सहयोग के भी पत्ते हिल रहे हैं, जिस पर हम लोगों ने ज़्यादा ग़ौर नहीं फ़रमाया था।

समय बढ़ रहा था। मुनेंद्र और शिवलाल अधिक से अधिक आम इकट्ठा करना चाह रहे थे । शरद और मैं चादर को इधर-उधर घुमा रहे थे ताकि गिरने वाले आम भी उसी चादर के भीतर जमा हो सकें ।

आम- मंथन चरम पर था और शिवलाल गुनगुना रहा था ,

"करत करत अभ्यास के जड़मति होत सुजान,
रसरी आवत जावत है आम पर पड़त निशान।"

शिवलाल के गाने का सुर ज़ोर पकड़ने लगा था। वह बार बार वही दोहा दुहरा रहा था। ज़ोरों से खिलखिला रहा था, और साथ ही रस्सी खींचने में अधिकाधिक शक्ति लगा रहा था।

उधर शिवलाल की उर्जा से प्रोत्साहित होकर मुनेंद्र भी अधिकतम ज़ोर लगा रहा था।
शरद और मैं उन दोनों को मौखिक समर्थन दे रहे थे, मात्र। क्योंकि उस घड़ी में हम दोनों का उससे अधिक मदद करना संभव भी न था।

उन दोनों का शक्ति -परीक्षण चल रहा था। पेड़ की टहनियाँ ज़ोर ज़ोर से हिल रही थीं। पेड़ के पत्ते भी घर्षण की ध्वनि निकाल रहे थे। शायद वो भी अपने सुर शिवलाल के संगीत में मिलाना चाह रहे थे।

इसी बीच ज़ोर ज़ोर से हिल रही टहनी में 'कड़ाक 'की ध्वनि हुई; और पूरी टहनी नीचे की ओर लटक गई। उस टहनी में क़रीब पचीस -तीस आम थे।
टहनी टूट रही थी या पूरी तरह टूटने की कगार पर थी -- इसीलिए हवा में झूल रही थी।

कुछ आम गिर रहे थे चादर में, तो कुछ छिटक कर तालाब में जाने लगे, जिन्हें शरद और मैं कोई ख़ास तवज्जो नहीं दे रहे थे। क्योंकि आमों की संख्या बढ़ने के साथ ही चादर

का वज़न भी बढ़ रहा था , जो शरद और मुझे थोड़ा परेशान करने लगा था।

शिवलाल अपनी ही धुन में ज़ोर लगा ही रहा कि मुनेंद्र चीख पड़ा (शरद की ओर देखते हुए) , " जितने आम पानी में जाएंगे उतने ही तुम्हारे हिस्से के छीन लूंगा ।"

उसकी आवाज़ में धमकी भरी चेतावनी थी जो उसके पसीने से तरबतर चेहरे से और गुस्साई आँखों से साफ़ झलक रही थी। शिवलाल अभी भी आम- मंथन में शक्ति लगा रहा था क्योंकि पेड़ पर अभी भी कई सारे आम साबूत थे।

शरद और मुझे लग रहा था कि टहनी टूट जाएगी मगर मुनेंद्र की चेतावनी के बाद से हम लोग चुपचाप देखे जा रहे थे।

टहनी टूटने की कगार पर थी, मगर उसके पहले उसमें से एक काली रस्सी नीचे लटकने लगी थी। जैसे ही उन दोनों ने एक झटका दिया वैसे ही वह काली रस्सी नीचे गिरने लगी। शरद और मैं आश्चर्य से देख रहे थे । मगर जैसे जैसे वह नीचे आने लगी वैसे वैसे आश्चर्य कम और डर बढने लगा । फिर वह एक झटके से हमारी चादर में आकर गिर गई । जैसे ही वह चादर में गिरी वैसे ही शरद और मैं सांप-सांप चिल्लाते हुए चादर छोड़कर भागे ;और शिवलाल और मुनेंद्र भी।

सारे आम चारों ओर बिखर गए । और हम चारों के अरमान भी।

हम चारों में मुनेंद्र सबसे ज़्यादा सहमा था।अब तक मेहनत के पसीने से तर -बतर मुनेंद्र पुनः डर के पसीने से भीग गया था। उसकी आवाज़ में कंपन महसूस होने लगा । वह उसी कंपित स्वर में बोल पड़ा," अबे ! यह बेहद ज़हरीला सांप है । और हमने उसे नींद से जगाया है । उसने अपनी आँखों में हमारी तस्वीर भी ले ली है । अब वह ज़रूर बदला लेगा .... हम चारों से ।"

ज़हरीला सांप सुनते ही हम सबके ज़ेहन में न खाए हुए आमों का जो ज़ायका अब तक तैर रहा था , वह एकाएक काफ़ूर हो गया।

लेकिन सांप बदला लेगा, इसकी कल्पना हमारे ज़ेहनों में घर कर गई थी और उसी डर के साये में हम सब भाग पड़े सीधे विद्यार्थी गृह की ओर .... अविरत .. ... बिना आम के ... बिना चादर के।

हम लोग हास्टल पहुंचे । शरद और मैं दुःखी थे,आम नहीं मिलने से । मुनेंद्र दुखी था कि ज़हरीला सांप ज़रूर बदला लेगा । वह यह सोचकर भी भयभीत था क्योंकि वह हमारी लोटा- परेड का कर्णधार था, जिसे अक्सर उधर जाना पड़ता था, सभी ग्रुपों के साथ । इधर शिवलाल भी ग़मगीन था ,कि उसकी सबसे पसंदीदा चादर, अब ज़हरीली हो चुकी थी जिसे अब वह कभी इस्तेमाल नहीं कर पायेगा ।

5- मुर्ग़ा

चेतन हमारी कक्षा का एक मेधावी छात्र था। कक्षा में अक्सर सबसे सामने वाली बेंच पर ही बैठा करता था।

उसके ख़ास दोस्तों में शुमार थे शरद और मोहन।

हमारे स्कूल की स्थायी इमारत न होने के कारण एक अस्थाई व्यवस्था बनाई गई थी , जिसके चलते हमें इधर उधर से अपनी ज़रूरतों को पूरा करना पड़ता था।

हमारे स्कूल का अपना खेल का मैदान भी नहीं था । इसीलिए हम सभी शाम को पड़ोस के मैदान में खेलने पहुंचते थे।

वैसे भी वह मैदान, खेल के अलावा बैलों की दौड़ के लिए भी उपयोग होने वाली जगह थी। मैदान के एक ओर बड़ा-सा तालाब था और उस तालाब के आसपास बहुत सारे आम के पेड़ थे।

मैदान की जिस ओर से हमारा आगमन होता था उसके दोनों ओर कुछ घर थे। वहां के निवासियों के घरों में कुछ बकरियां और मुर्ग़ियां थीं । यह लोग शायद दिहाड़ी मजदूर

थे या किसी के खेतों में काम करते थे तथा बकरियां-मुर्ग़ियां खरीदने- बेचने का काम भी करते थे।

शाम को हम लोग क्रिकेट खेलने के लिए उसी मैदान में जाते थे।

शाम को 4:30 से लेकर 6:00 तक सभी बच्चों को खेलने के सख़्त निर्देश दिए गए थे। खेलने से जी चुराने पर भी आप इंसान से मुर्ग़ा तक बन जाते थे और मुर्ग़े की तरह कुकड़ूकूं भी करना पड़ता था। चेतन को न क्रिकेट में रुचि थी और न ही किसी अन्य खेल में। मगर खेल के मैदान पर पहुंचना उसे अच्छा लगता था।

शरद और मोहन फुटबॉल खेलते रहते , और हम लोग क्रिकेट खेलते थे।

चेतन को हम अतिरिक्त खिलाड़ी के तौर पर कभी - कभार इस्तेमाल करते थे , या फिर स्कोरर के तौर पर। चेतन बैठे-बैठे क्रिकेट का लेखा-जोखा लिखा करता था , या फिर बैठे बैठे पत्थर उछालता रहता था।

क्रिकेट खेलते समय बल्लेबाज़ी- खेमा एक कोने में बैठा रहता और हमारा स्थायी स्कोरर, यानी कि चेतन ,भी वहीं बैठा रहता था। उसी कोने के आसपास बकरी के बच्चे, मुर्ग़ियां और चूज़े भी मंडराते रहते थे।

बल्लेबाज़ी- खेमें के बैठने की जगह से करीब 15 मीटर की दूरी पर बिजली का एक खंबा था। ख़ाली समय में हम लोग पत्थर उछाल कर उसी पर निशाना लगाते रहते। पत्थर टकराने पर जो 'टन टन टनाक ' की ध्वनि होती थी,वह हमें हमारे विजय- घोष की तरह प्रतीत होती थी।

लेकिन जैसे ही पत्थर टकराने से ' टन टन टनाक' की ध्वनि होती, वहां मौजूद मुर्ग़ियों के चूज़े व बकरी के बच्चे तितर बितर हो जाते और इधर उधर भागने लगते। उनका इस तरह भागना भी हमें अद्भुत आनंद का एहसास कराता था।

शरद और चेतन का निशाना अच्छा था।

उन्हीं झुग्गी झोपड़ियों में रहने वाले लोगों का एक मुखिया भी रहता था , जिसे हम लोग 'अफज़ल खाँ' कहा करते थे , क्योंकि उसकी लंबाई क़रीब छह फ़ीट या उससे भी अधिक थी। उसका डीलडोल बहुत बड़ा था --

पेट भूगोल शिक्षक के दफ्तर में रखे ग्लोब की तरह था। उसके भारी व्यक्तित्व के चलते, हमें उससे बहुत डर लगता था और उस की बढ़ी हुई दाढ़ी के चलते हमारा डर दुगना हो गया था।

जब कभी 'टन टन टनाक ' की आवाज होती, वह हमें गुस्से से घूरता रहता और हम लोग सहम कर अपने को व्यस्त दिखाने की कोशिश करते थे।

पिछले तीन-चार दिनों से चेतन मैदान में नहीं आ रहा था। वह खेलने के समय कभी पेट- दर्द तो कभी सिर- दर्द का बहाना बनाकर हॉस्टल में ही पड़ा रहता था। उसके मैदान में नहीं आने से हम लोगों को ख़ासी दिक़्क़त होती थी क्योंकि उसके अनुपस्थिति में क्रिकेट का लेखा-जोखा, हम खिलाड़ियों में से ही किसी एक को करना पड़ता था ; जो किसी को भी पसंद नहीं था।

मोहन और शरद भी उसे मैदान में नहीं ले जा पा रहे थे। पीटी- सर चेतन के खेल के मैदान पर नहीं जाने की बात की निगरानी रख रहे थे।

हम लोग चेतन को बुला बुला कर थक चुके थे, मगर वह आने को तैयार नहीं था। खेल- मैदान का नाम लेते ही वह सहम जाता था और थोड़ा चिड़चिड़ा भी हो जाता था। उसके गुस्से की झिड़कियां अक्सर शरद और मोहन के हिस्से में ही आती थीं ।

आज पांचवा दिन था कि चेतन खेलने नहीं गया था। पीटी-सर ने उसे चेतावनी दी थी कि यदि कल वह मैदान नहीं पहुंचेगा तो उसे दिनभर मुर्ग़ा बनाकर रखेंगे ; और पहले से ही सहमा हुआ चेतन और भी डर गया।

वह रात भर ठीक से सो नहीं पाया और नींद में भी वह' मुर्ग़ा मुर्ग़ा' ही चिल्ला रहा था।

हाउस- कप्तान ने यह बात हाउस- वार्डन को बताई और वार्डन ने यह बात प्रधानाचार्य को।

प्रधानाचार्य ने पूछताछ की तो पता चला कि एक दिन पहले ही पीटी -सर उसे मुर्ग़ा बनाने की चेतावनी दे रहे थे। इसलिए प्रधानाचार्य ने पीटी -सर को ज़ोर की फटकार लगाई कि बच्चों को डरा कर उनके मानसिक विकास में बाधा न बनें।

पीटी -सर सदमे में थे कि वे अब तक सैकड़ों बार बच्चों को मुर्ग़ा बना चुके थे मगर अब तक किसी का मानसिक विकास बाधित नहीं हुआ था। कई दफ़ा तो वे स्वयं चेतन को भी मुर्ग़ा बना चुके थे मगर कभी भी उसकी नींद नहीं उड़ी थी।

असेम्बली में सुबह , प्रधानाचार्य जी हिंसा और मानसिक विकास पर अपने विचार व्यक्त कर रहे थे और उधर पीछे में पीटी - सर पैर पटक रहे थे।

शाम होते-होते चेतन फिर परेशान होने लगा और "मैं मैदान नहीं जाऊंगा-मैं मैदान नहीं जाऊंगा" कह कर ज़ोर ज़ोर से रोने लगा।

उसी रात, नींद में वह पुनः "मुर्ग़ा-मुर्ग़ा" चिल्लाने लगा । उधर अब यह बात प्रधानाचार्य के पास पहुंची और इधर पीटी- सर के दिल की धड़कन फिर तेज़ होने लगी।

अगले दिन, परेशान पीटी- सर चेतन के पास पहुंचे ; उनके साथ शरद और मोहन भी थे।

हाथ जोड़कर पीटी -सर चेतन को यक़ीन दिलाने लगे कि वह उसे तो क्या , ज़िंदगी में किसी और को भी मुर्ग़ा नहीं बनाएंगे।

मोहन और शरद भी उनकी हां में हां मिला रहे थे।

मगर चेतन फिर भी ख़ामोश ही था।

चेतन की ख़ामोशी पीटी- सर की धड़कनों की गति बढ़ाने का कार्य कर रही थी। अंत में हारकर पीटी- सर ने कहा," बेटा क्या, तेरे सामने हाथ जोड़ने पड़ेंगे मुझे ?

फिर टीचर आगे बोले," अरे! मैं तो ऐसे ही बोला था कि तुझे मुर्ग़ा बनाऊंगा ; क्योंकि तुम खेल के मैदान में नहीं जाते हो। यदि तुम खेलोगे नहीं तो बीमार पड़ जाओगे। फिर, ये सब तुम्हारी भलाई के लिए ही बोला था ... बेटा।"

पीटी- सर चेतन के सामने लगभग गिडगिडा ही रहे थे।

एकाएक चेतन की आंखों से गंगा -जमुना बहने लगीं। वह ज़ोर ज़ोर से फफकने लगा और मोहन से लिपट गया । मोहन ने उसे रुमाल दिया।

शरद ने पीटी- सर की ज़मानत देते हुए चेतन से कहा, " पीटी- सर नहीं मारेंगे पगले।"

चेतन ज़ोर-ज़ोर से रो ही रहा था और पीटी -सर के पैरों पर झुकते हुए बोला," सर , मुझे घोड़ा बना दो , गधा बना दो या मुर्ग़ा भी बना दो। लेकिन मैं मैदान नहीं जाऊंगा।"

चेतन की ' मुर्ग़ा बना दो ' वाली बात सुनकर पीटी- सर को यक़ीन हो गया कि चेतन की परेशानी का सबब वह नहीं , बल्कि कोई और है।

फिर वे मोहन की आँखों में देखकर बोले ,"वो गध्धा कप्तान कहां है जो मेरी शिकायत प्रधानाचार्य से कर रहा था कि मेरी वजह से चेतन मुर्ग़ा-मुर्ग़ा चिल्लाता है ?"

पीटी -सर का विशिष्ट शैली में 'गध्धा' कहना सभी बच्चों की तरह मोहन और शरद को भी गुदगुदा गया और चेतन के चेहरे पर भी हल्की - सी मुस्कान बिखेर गया , जो अब तक उसकी जल-भरी आंखों के बीच खोई हुई थी।

पीटी- सर चेतन की ओर मुड़े और बोले ," तुम नींद में मुर्ग़ा- मुर्ग़ा क्यों चिल्लाते हो? और मैदान में भी नहीं जाते हो ?क्या बात है बेटा ? बताओ , मैं सब ठीक कर दूंग़ा।"

जैसे ही पीटी -सर ने "मैं सब ठीक कर दूंगा" कहा वैसे ही चेतन की जान में जान आई ,और वह कहने लगा, "सर , पिछले रविवार को क्रिकेट का मैच चल रहा था , अपने मैदान पर। मैच की पहली इनिंग समाप्त हो चुकी थी । शरद और मोहन को फुटबाल खेलने जाना था। मगर वे लोग भी मेरे पास आकर मैच देखने में व्यस्त हो गए। उसी बीच शरद और मैंने लोहे के खंबे को पत्थर मारने की शर्ते लगाई। पहली शर्त के हिसाब से शरद ने 'टन टनाक' की आवा**ज़** के साथ खंबे का निशाना साधा और पचास पैसे जीत गया । फिर मैंने मोहन से भी पचास पैसे की शर्त लगाई ताकि अपने पहली हार की नुकसान भरपाई कर पाऊं। मगर वह शर्त भी मैं हार गय़ा । अब मेरा एक रुपए का नुकसान हो चुका था,जिसे मैं हर हाल में वसूल करना चाहता था।

इसीलिए मैंने पुन: शरद के साथ एक रुपये की शर्त लगाई । हम दोनों बारी बारी से निशाना साध रहे थे कि शरद ने ' टन टनाक' की आवा**ज़** के साथ निशाना लगाया।

जैसे ही' टन टनाक' की आवाज हुई ... अफ़ज़ल खां बाहर आकर हम सबको घूरने लगा । उसे देखकर शरद और मोहन फुटबाल खेलने भाग गए।"

चेतन की कहानी चल ही रही थी कि बाक़ी साथी भी पहुँच गए।

पीटी- सर बोल पड़े," यह अफ़ज़ल खां कौन हैं ? "

मैं बोल पड़ा," सर , वह पेटू दढ़ियल हैं न – मुर्ग़ियों वाला, जो मैदान के पास रहता है । "

पीटी सर भी' हा हा हा' कर हंसने लगे और बोले, "अच्छा नाम रखे हो रे , वो गद्धा पूरा अफ़ज़ल खाँ है ।"

फिर ज़ोर से हंसने लगे और धीरे से पूछ बैठे," गद्धों मेरा नाम क्या रखे हो?"

एकाएक सभी लोग सकपका गए , एक दूसरे को छुपी आँखों से देखने लगे। पीटी- सर फिर और ज़ोर से हंसने लगे । फिर पुन: चेतन की ओर मुड़े और पूछने लगे, " और आगे क्या हुआ ?"

चेतन अब थोड़ा सामान्य हो चुका था ।

वह शुरू हो गया," सर, मेरा शुद्ध दो रुपये का नुकसान हो चुका था। अगले दो हफ़्तों तक घर से कोई आनेवाला नहीं था । और मेरे पैसे भी समाप्त हो चुके थे । इसीलिए मैं पुन: शरद तथा मोहन से शर्त लगाकर अपने नुकसान की भरपाई करना चाहता था। इसी योजना के तहत मैं खंबे को पत्थर मारकर निशानेबाजी का अभ्यास करना करने लगा ।

मेरा पहला निशाना सटीक बैठा । ' टन टन टनाक' की आवाज़ हुई। वैसे ही अफ़ज़ल खां दौड़कर बाहर आकर खंबे की तरफ घूरने लगा । और , मैं अनजान बनते हुए क्रिकेट देखने लगा। थोड़ी देर बाद मैंने दूसरा निशाना साध लिया । वह भी सटीक बैठा। मगर इस बार अफ़ज़ल खां बाहर नहीं आया ; शायद वह छुपकर निशानेबाज़ का जायज़ा ले रहा था या उसपर नज़र रख रहा था । मैंने सोचा कि एक दो बार और निशाना लगाता हूँ ताकि कल आसानी से शर्त जीत पाऊं ।

इसीबीच टहलते टहलते वहाँ बकरियों के बच्चे, चूज़े, मुर्ग़ियां, और मुकुटधारी काला-सा बड़ा मुर्ग़ भी पहुंच गया।

लेकिन मैंने उनको कोई ख़ास तवज्जो नहीं दी और अपने लक्ष्य पर निशाना साधने लगा।

मेरे हाथ में एक बड़ा-सा पत्थर का टुकड़ा था। मैंने एक आँख बंद कर ली , बायां पैर आगे किया, दाएं पैर को पीछे खींचा , और दाहिना हाथ -- जिसमें वही बड़ा-सा पत्थर था -- पीछे खींच लिया।

एकाएक मैंने महाभारत के अर्जुन के बाण की तरह "ये ब्रम्हास्त्र संभालो कर्ण" कहकर पत्थर दाग दिया , खंबे की ओर।

पत्थर इसबार भी सही दिशा में जा रहा था। मगर पत्थर जाने की ऊँचाई कुछ ज़्यादा ही कम थी, क्योंकि मैंने मोहम्मद अज़हरुद्दीन की तर्ज़ पर कमर के नीचे से निशाना साधा था। पत्थर खंबे से टकराने ही वाला था कि अचानक उसके सामने मुकुटधारी मुर्ग़ा आ गया। पत्थर खंबे की जगह मुर्गे के मुकुट से टकराया।

मुर्ग़ा ज़ोर ज़ोर से ' कुकड़ूकूं कुकड़ूकूं 'करते करते अपनी ही धुरी पर ज़ोरों से घूमने लगा। फिर एकाएक उसकी ' कुकड़ूकूं' की आवाज़ धीमी पड़ने लगी ; और फिर वह

धड़ाम से गिर पड़ा। अब बाकी मुर्ग़ियाँ ज़ोरों से' कुकड़ूकूं कुकुकु' करते करते, तितर बितर होकर भागने लगीं।

अफ़ज़ल खां आया और ज़ोरों से चिल्लाता हुआ बोला ," किसने मारा रे पत्थर ... मेरे मुर्ग़े को?

कब से खंबे को पत्थर मार रहे हो ? 'टन टन टनाक' की आवाज़ से कान फट गए मेरे ।"

चेतन आगे बोले ही जा रहा था । वह कहता गया, " मुर्ग़ा गिरने से गुस्से में अफ़ज़ल खां मेरे पीछे दौड़ने लगा और मैं डर के मारे भागने लगा । अफ़ज़ल खां के साथ तीन-चार और लड़के भी मेरा पीछा करने लगे।

दौड़ते दौड़ते अफ़ज़ल खां चीख पड़ा, " उस छोकरे को पकड़ो रे .... उसने मेरे मुर्ग़े को मार डाला ... इसको भी मैं मुर्ग़े की माफिक काट डालूंगा।"

उसकी चिल्लाहट और गुस्सा देखकर मेरे हाथ पांव कांप रहे थे । मैं ज़िंदग़ी की दौड़ में भाग रहा था। उधर मुर्ग़े के पास अड़ोस- पड़ोस की औरतें और क्रिकेट खिलाड़ी जमा हो गए थे।

मैं बमुश्किल हास्टल पहुंचा । मगर दिमाग में उसकी आवाज़ गूंज रही थी – 'मुर्ग़े की माफिक काट डालूंगा।'

इसीलिए मैं शाम को खेलने के लिए मैदान में नहीं जाता हूं।

सर, मैंने मुर्ग़े को मारा । अफ़ज़ल खां मुझे मारेगा या मेरे से जुर्माना भरवाएगा । शर्त हारने के कारण मेरे पास जुर्माना भरने के लिए पैसे भी नहीं हैं।"

चेतन की आँखों से अश्रु- धाराएं बह रही थीं।

हम लोगों को देखकर पीटी -सर बोल पड़े," क्यों क्रिकेटर्स , तुम लोगों को कुछ पता नहीं था क्या?"

कोई बोल पड़ा," सर ! यह स्कोरिंग करते करते चेतन गायब हो गया और हम लोग मैच खेल ही रहे थे कि लोग चिल्ला उठे," नवोदय के लड़के ने मुर्ग़े को मार दिया ...नवोदय के लड़के ने मुर्ग़े को मार दिया।"

तब मैं भी बोल पड़ा," लेकिन सर, वो मुर्ग़ा तो मरा नहीं था । उसी बस्ती के किसी बड़े भैया ने उसकी चोंच पर

पानी डाला। और थोड़ी ही देर में वह उठ खड़ा हुआ और भाग गया। "

तभी शरद बोल पड़ा," अबे, इतनी सी बात के डर रहा था ?वो मुर्ग़ा तो अभी भी मैदान में घूमता है।"

चेतन के साथ मोहन की आँखें भी नम हो गईं। वह भावुक होते हुए बोला," शर्त के पैसे मैं माफ़ कर देता हूं और शरद के पैसे भी मैं ही चुका दूंगा, भाई।"

शरद बोल पड़ा," पैसे- वैसे मुझे नहीं चाहिए । मैं भी माफ़ कर देता हूं ; दिल बड़ा है पगले मेरा ।"

एकाएक पीटी- सर उठ खड़े हुए और उन तीनों को घूरते हुए बोले, " तुम लोग तो एक दूसरे को माफ़ कर चुके हो, मगर तुम्हारे शर्त लगाने की सज़ा तो मैं भुगत रहा हूं । मैं किसी को माफ़ नहीं कर पाउँगा । तुम तीनों कल सुबह मिलना , असेम्बली में मुर्ग़ा बनाऊँगा ।"

हम सब हंसने लगे। और पीटी -सर भी।

6- लेटर

वैसे तो नवोदय में सभी भाई-बहन ही होते थे ; मगर कभी-कभी नहीं भी होते थे।

नवोदय में रक्षाबंधन का त्यौहार सामूहिक तौर पर मनाया जाता था , शिक्षकों की देखरेख में।

वैसे तो पवन काफी मिलनसार था , मगर उसके मिलने का ध्येय उसकी मर्ज़ी के अनुसार ही होता था।

कक्षा नौ आते आते उसका मन सिर्फ बैडमिंटन में लगने लगा था , पढाई के अलावा।

उस समय तक हमारे नवोदय में कबड्डी, खो-खो और फुटबाल ---यही मुख्य खेल हुआ करते थे। मगर स्कूल में बैडमिंटन का प्रवेश दक्षिण की फ़िल्मों के सुपरस्टार रजनीकांत की धमाकेदार एंट्री जैसा था। बैडमिंटन ने प्रवेश करते ही स्कूल का पूरा ग्लैमर अपनी ओर खींच लिया था।

हमारे स्कूल में पवन और रंजन ही अक्सर इसे खेला करते थे । हम लोग इन दोनों की ओर बैडमिंटन के नामचीन खिलाड़ी प्रकाश पादुकोण को दृष्टि में रखते हुए देखते थे । और यह लोग हमारी ओर हाकी के उस

खिलाड़ी को दृष्टि में रखकर देखते थे जिसे सालों मेहनत करने के बावजूद मुहल्ले की हाकी टीम में भी मौक़ा मिलने की गुंजाइश दूर दूर तक न हो ।

चिंकी और मिंकी कक्षा आठ में पढ़ती थीं , और दोनों एक- दूसरे की बेहद क़रीबी सहेलियां थीं। ख़ास बात यह भी थी कि दोनों नवोदय में दाख़िले से पूर्व से एक – दूसरे से परिचित भी थीं और मैत्री में घनिष्ठ भी ; एकदम बचपन से । इसी कारण दोनों की दोस्ती पानी और शक्कर जैसे थी ---- एकदम मिठी और जितना उबालो उतनी ही गाढ़ी हो जाने वाली । दोस्ती की शक्ति ऐसी थी कि दोनों के बीच किसी तीसरे का आना संभव न था।

नवोदय में पहली बार अंतर- नवोदय खेल प्रतियोगिता में बैडमिंटन को भी स्थान मिला था। बैडमिंटन का ख़ुमार चारों ओर फैल रहा था।

अक्सर कबड्डी , खो-खो और दौड़ में लगभग वही खिलाड़ी चयनित होते थे जो हाथ - पांव में दमख़म और दौड़ में तेज़ी रखते थे । मगर बैडमिंटन के चलते मुझ - जैसे कम लंबाई और कम शाक्ति वाले खिलाड़ी के लिए भी उम्मीद जगी थी । यह और बात है कि वहां भी मेरी दाल नहीं गल पाई।

लड़कों की टीम के लिए पवन और रंजन चयनित हो चुके थे । मगर लड़कियों की टीम के लिए स्पर्धा काफी कठिन होनेवाली थी क्योंकि यह नए खिलाड़ियों के लिए सुनहरा

मौक़ा भी था और इसमें नया ग्लैमर भी जुड़ा हुआ था जो सभी खिलाड़ियों को अपनी ओर खींच रहा था।

इसी ग्लैमर से चिंकी और मिंकी भी अछूती न रह पाईं। पवन से अच्छा उनके लिए कोई मार्गदर्शक या गुरु मिलना लगभग असंभव था। और उन दोनों की लगन देखकर पवन भी अतिरिक्त लगन से दोनों को सिखाने लगा।

धीरे-धीरे दोनों ओर से सीखने-सिखाने की लगन बढ़ने लगी और उसके चलते पवन के नियमित जोड़ीदार रंजन को कभी कभार कोर्ट में प्रवेश बमुश्किल ही मिल पाता था ; और हम लोगों की तो फिर बात ही क्या?

बैडमिंटन का ख़ुमार कुछ इस तरह चढ़ने लगा कि पवन और चिंकी-मिंकी , जब भी मौका मिलता ,कोर्ट के बाद आंखों से भी बैडमिंटन खेलते थे , बिना शब्दों के , बिना किसी चर्चा के। और इसकी चर्चा हम जैसे खिलाड़ी , जिन्हें बैडमिंटन कोर्ट में मौक़ा नहीं मिलता था , बस करते रहते थे। इनके पीछे हमारी जलन थी या कुछ और , यह कहना बड़ा मुश्किल था।

वैसे बैडमिंटन कोर्ट के अलावा पवन के तीन और मित्र ये --- रंजन, राज और मैं।

हम लोग बैडमिंटन पर अक्सर चर्चा करते रहते। जिसमें पवन बताता था कि चिंकी और मिंकी के खेल का स्तर

सुधर रहा है और हम लोग उसे गरियाते थे कि हम लोगों को कोर्ट के बाहर पड़ा हुआ शटलकाक भी को छूने नहीं मिल रहा है और वह चिंकी और मिंकी के खेल के लिए चिंतित है।

पवन की बातें सुनकर मुझे और राज को, तथा ख़ुद पवन को भी, यह समझने में कठिनाई हो रही थी कि पवन ज़्यादा किसे सिखाना चाहता है, चिंकी को या मिंकी को । शायद,लगभग यही दुविधा उन दोनों को भी हो रही थी , मगर अंदर ही अंदर।

रक्षाबंधन का त्यौहार अभी दो हफ़्ते दूर था और बैडमिंटन की चयन- प्रक्रिया भी उसी के आसपास शुरू होने वाली थी। जैसे-जैसे चयन की तारीख़ पास आ रही थी वैसे वैसे तैयारियों पर ज़ोर लगाया जा रहा था।

रक्षाबंधन के एक हफ़्ते पहले पीटी -सर ने फ़रमान सुनाया कि लड़कियों की टीम के लिए एकल मुक़ाबले और युगल मुक़ाबले नहीं होंगे , वरन् मिश्रित - युगल की एक ही टीम बनेगी ।

इधर शाम को पवन बता रहा था कि चिंकी और मिंकी में से केवल एक का ही चयन हो पाएगा। और यही दुविधा चिंकी और मिंकी के दिलो- दिमाग़ पर छाई हुई थी।

पवन बड़े जोश के साथ उन दोनों की ट्रेनिंग पर अधिक शक्ति लगा रहा था। साथ ही वह ख़ुद भी दुविधा में था कि दोनों में से किसे मिश्रित – युगल के लिए अपना जोड़ीदार बनाए।

अब एक-एक दिन पवन चिंकी और मिंकी के लिए दुविधामय हो रहा था।

राज और मैं पवन की इसी दुविधा पर ख़ुश थे।

रात में खाने के पश्चात राज, पवन से पूछ बैठा ," रक्षाबंधन में चिंकी और मिंकी में किस से राखी बंधवा रहे हो भाई ? "

पवन (क़हक़हा लगाते हुए): "नहीं यार किसी से भी नहीं , दोनों मेरी दोस्त हैं, भाई!"

अगली सुबह पीटी के समय खुसर- फुसर चल रही थी कि चिंकी और मिंकी के बीच ज़िंदगी में पहली बार बहुत जमकर लड़ाई हुई थी। लड़ाई का मुद्दा बैडमिंटन का चयन था या कुछ और .... यह अभी भी रहस्य बना हुआ था। कोई कह रहा था कि चिंकी चाहती है कि मिंकी पवन को राखी बांधे , और मिंकी चाहती है कि चिंकी पवन को राखी बांधे।

चार दिनों बाद, रक्षाबंधन का त्यौहार था।

चिंकी और मिंकी पिछले दो दिनों से आपस में बातें नहीं कर रही थीं , और यह बात पूरे स्कूल में चर्चा का विषय बन चुकी थी।

हम दोनों दु:खी थे कि चिंकी-मिकी की बरसों पुरानी दोस्ती में बैडमिंटन और राखी के मुद्दों को लेकर दरार आ गई थी।

वैसे भी हम दोनों, अच्छे रिश्ते में दरार डालने एवं ख़राब रिश्तो में दरार पाटने के लिए जाने जाते थे ; और इस नए मुद्दे पर हम लोग अपनी शक्तियों का निवेश करना चाहते थे। मगर रंजन ने कुछ भी निवेश करने से मना कर दिया। इसके चलते इस विषय में हम दोनों की भागीदारी के बढ़ने की पूरी संभावना थी , और इसके लिए हमें अपना कोई संभावित नुक़सान भी स्वीकार था क्योंकि ऐसे किसी काम को करना हम अपना सामाजिक दायित्व समझते थे ।

राज और मैं, उन दोनों – चिंकी और मिंकी --- की दोस्ती पुनर्स्थापित करने के लिए साम -दाम- दंड- भेद में से हर नीति अपनाने को तैयार थे।

शाम को खाने के पहले हमने चिंकी से मिलने का कार्यक्रम बनाया।

मैं कह उठा(चिंकी से): " छोटी बहन कैसी हो ?कैसी चल रही है तैयारी बैडमिंटन की ?"

वह बोल पड़ी, " ठीक ही है, भैया ; देखते हैं क्या होता है " यह बात उसने थोड़ा दु:खी भाव से कही।

राज: "क्या तुम मेरी मदद करोगी ?"

चिंकी (थोड़े आश्चर्य से): " बोलिए भैया ..."

राज: "मेरे घर से राखी नहीं पहुँची, तुम मुझे राखी बांध दोगी क्या?"

चिंकीः " क्यूं नहीं भैया।"

हम दोनों ने दिल की गहराई से उसे धन्यवाद दे दिया और खाने के पश्चात मिंकी से भी हमने इस मुद्दे के साथ मुलाक़ात की और राखी बनवाने का वचन ले लिया।

अगली सुबह दौड़ और व्यायाम के पश्चात हमने चिंकी से मुलाक़ात की।

राज (थोड़ा दु:ख ज़ाहिर करते हुए) : "चिंकी , तुमको एक बात बताना था।"

चिंकी (उसकी उदासी भांपते हुए) : "क्या बात है भैया ?"

मैंने कहा , "तुम दु:खी मत होना बहन।"

चिंकी (चिंता की मुद्रा में): "बोलिए ना भैय्या .. ..."

राज: " पवन मिंकी को अपना जोड़ीदार बनाना चाहता है।"

चिंकी थोड़ा रुआंसी हो गई , और तेज़ क़दमों के साथ चली गई।

चिंकी और मिंकी में अभी भी बोलचाल बंद थी।

सुबह नाश्ते के पश्चात हमने इसी तरह का वार्तालाप मिंकी से भी साध लिया और उसे यक़ीन दिलाया कि पवन उसके साथ खेलना नहीं चाहता वरन, चिंकी के साथ खेलना चाहता हैं।

उसी दिन से पवन-चिंकी-मिंकी के बीच आंखों से बैडमिंटन का खेल बंद हो गया था। इससे हमारा प्रिय मित्र दु:खी था और हम लोग भी दु:खी थे ऊपर ही ऊपर ; और खुश थे भीतर ही भीतर।

रक्षाबंधन को और दो दिन शेष थे। चिंकी और मिंकी की दोस्ती में दरार बरक़रार थी , जिसके भरोसे हम लोग आगे बढ़ रहे थे , अपनी योजना में।

शाम को खाने के बाद पवन की उदासी भांपते हुए ,राज बोला ,"क्या हुआ यार ? घर से किसी की राखी नहीं आई क्या ?

पवन: "राखी तो आई है, यार । "

पवन से उसकी उदासी छुप नहीं पा रही थी।

मैं बोल पड़ा," दु:खी मत हो मेरे भाई ; चिंकी और मिंकी में से किसी से भी राखी बंधवा लेना। "

पवन एकाएक गुस्से से मुझे देखने लगा ,मानो उसे बिजली का झटका लगा हो । वह बड़े ज़ोर से ,और चीखते हुए ,बोल पड़ा," पागल है क्या बे ?"

हम दोनों ने उसे हौसला दिया कि वह दोनों -- चिंकी और मिंकी-- उसकी बहुत तारीफ़ करती हैं।

वह चला गया सोने के लिए ;और हम लोग भी चल दिए।

अगली सुबह हमने पुनः चिंकी से भेंट की और उसका दु:ख बांटने की कोशिश की। हमने उसे बताया कि पवन तो मिंकी के साथ ही खेलेगा , मगर पवन चिंकी से कभी राखी नहीं बंधवाएगा । हमने चिंकी को यह भी यक़ीन दिलाया कि पवन सभी को बता रहा है कि चिंकी भी उसे ज़िंदगी में कभी राखी बांध ही नहीं सकती।

चिंकी तो गुस्से से फुंफकारने करने लगी थी ....

वह हम लोगों की ओर उम्मीद -भरी नज़रों से देख रही थी और कह उठी," धन्यवाद भैया ! आप लोग मेरा कितना ख़याल रखते हैं।"

और फिर , कुछ सोचकर बोली ,"भैया ! मैं पवन से बदला लेना चाहती हूं।"

मैंने उसे समझाते हुए कहा , " बदला लेना अच्छी बात नहीं है,उससे बेहतर है की वह तुमको मना करे,उसके पहले तुम ही उसको मना कर दो। साथ ही , यदि उसको लगता है कि तुम उसको कभी राखी नहीं बांध सकती, और यदि यह सच है , तो कोई बात नहीं ; वर्ना तुम राखी बांध दो , यदि हिम्मत जुटा पाओ तो। "

राज : "सही है । तुम एक काम करो । बैडमिंटन - चयन से पहले तुम ख़ुद ही पवन को बता दो कि तुम भी उसके साथ नहीं खेलना चाहतीं ; वह चाहे तो मिंकी को अपना जोड़ीदार बना ले।"

फिर मैंने भी उसे समझाया," यदि हो सके तो उसे यह सब चीज़ें एक लेटर पर लिख कर दे दो।"

दिन में भोजन के ठीक पहले,उसी तरह हम दोनों ने मिंकी को भी समझाया । वह भी गुस्से से लाल हो गई थी और उसने भी , बदले की आग में ,पवन को राखी बांधने की अपनी मंशा ज़ाहिर की थी।

इधर पवन "नयन बैडमिंटन" नहीं होने से काफ़ी दुःखी रह रहा था।

अगले दिन रक्षाबंधन का त्यौहार था।

रात में खाने के पश्चात चिंकी ने पवन को अकेला पाकर बंद लिफ़ाफ़े में एक लेटर उसे थमा दिया । उसके थोड़ी ही देर बाद मिंकी ने भी ठीक उसी तरह का एक लिफ़ाफ़ा पवन के हाथ में थमा दिया।

अकेले में दो अलग-अलग लिफ़ाफ़े पाकर पवन बहुत ख़ुश नज़र आ रहा था ; और वह दौड़ कर हम तीनों की तरफ पहुंच गया।

उसके चेहरे से तेज टपक रहा था। दोनों लिफ़ाफ़े इतराते हुए दिखाकर, वह बोल पड़ा," देखो बे दो-दो लेटर मिले हैं।"

रंजन ने कहा," क्या है इसमें, ज़रा देख तो लो ?

राज और मैं , आश्चर्य से कहने लगे," हां हां,क्या है इसमें ज़रा दिखाओ तो?"

पवन अपनी शर्ट की कॉलर ऊंची उठाते हुए बोल पड़ा," अबे पढ़ो बे ! भगवान ने चाहा तो कभी ज़िंदगी में तुम्हें भी आएंगे ऐसे लेटर।"

ऐसा कह कर पवन ने बाएं हाथ का लेटर रंजन की ओर उछाला और दाहिने हाथ का लेटर मेरी ओर।

और पुनः बोल पड़ा," अबे पढ़ तो लो बे ,हो सकता है तुमको भी ज़िंदगी में ऐसा मौक़ा मिले ...."

रंजन लिफ़ाफ़ा खोलने लगा और स्पष्ट आवाज में पढ़ने लगा:

" प्रिय भैया पवन ... ...

बैडमिंटन मिश्रित- युगल में, मैं आपकी जोड़ीदार नहीं बन पाऊंगी। आप चिंकी के साथ खेल लेना।

आप दोनों को शुभकामनाएं।

रक्षाबंधन पर जरूर मिलेंगे।

आपकी छोटी बहन,

मिंकी "

पवन ने रंजन के हाथ से इस से वह लेटर छीन लिया । उसका चेहरा उतर चुका था ; और थोड़ा बहुत हमारा भी। दोस्त का साथ निभाने के लिए हमारी कोशिशें पुरज़ोर जारी थीं।

पवन ने उस लेटर को पुनः पढ़ा और उसे रंजन के सही-सही पढ़ने पर यक़ीन हो गया।

दूसरा लेटर, मैं पढ़ने ही वाला था कि पवन ने उसे मुझसे एक फुर्तीली छलांग के साथ छीन लिया और वह अपने मन ही मन पढ़ने लगा।

उसके चेहरे के भाव देखकर हमें यह यक़ीन हो रहा था कि उसका संदेश भी लगभग पहले लेटर की तरह ही है।

हम तीनों उस रात को चैन से सो नहीं पाए । वजह सबकी अपनी -अपनी थी, और अलग-अलग भी।

रक्षाबंधन के त्यौहार पर मैंने और राज ने चिंकी और मिंकी दोनों से राखी बनवाई।

पवन पेट दर्द के चलते त्योहार से नदारद था; और उसी शाम पवन ने घोषणा कर दी कि वह बैडमिंटन के मिश्रित - युगल मुक़ाबले से हमेशा के लिए संन्यास ले रहा है।

7- एथिल अल्कोहल

साधना मैडम हमारी केमिस्ट्री की नई शिक्षिका आईं थीं ।

उनके आते ही हम सभी का ' रस ' , यानी कि 'इंटरेस्ट' , एकाएक रसायन विषय में बनने लगा था ।

और बढ़ने भी लगा था।

हमारा स्कूल एवं विद्यार्थी - गृह अस्थाई व्यवस्था में चल रहे थे । कक्षा नवम् आते आते हमलोग तीन अलग अलग हॉस्टलों में विभाजित हो चुके थे, क्योंकि स्कूल में हमें मिलाकर अब चार बैच बन चुके थे तथा राष्ट्रीय एकता एवं संस्कृति- मिशन के तहत हरियाणा से क़रीब पंद्रह बच्चे हमारे साथ पढ़ने आ चुके थे ।

हमारे तीन होस्टल थे ---- पीछे वाला गुप्ता हाउस, दूर वाला गुप्ता हाउस और कुथे हाउस ,जो तीन इमारतों में थे और इमारतों के मालिक के नाम से हॉस्टलों का नामकरण हो गया था।

दूर वाला गुप्ता हाउस और कुथे हाउस की इमारतें अग़ल -बग़ल की थीं । अब अग़ल बग़ल से यहां तात्पर्य है --क़रीब दो सौ मीटर का फ़ासला ।

कुथे हाउस के एक विंग में हमारे प्रधानाचार्य रहते थे ; श्री सिंह साहब।

और हम लोग दूर वाले गुप्ता हाउस में रहते थे ।

दूर वाला गुप्ता हाउस दो मंज़िला इमारत थी,जिसके ऊपर की मंज़िल पर हमारा हॉस्टल था , और सबसे नीचे मकान मालिक का ठिकाना।

गुप्ता हाउस के पीछे एक पुरानी बस्ती थी जहां रहनेवाले लगभग सभी लोग दिहाड़ी मजदूर थे जो झुग्गी- जैसे घरों की व्यवस्था में रहते थे।

यहां रहने वाले अधिकतर व्यक्ति या परिवार रिक्शा-चालक ,घूम घूम कर सब्जी बेचने वाले या दिन भर काम कर गुज़र -बसर करने वाले थे।

उसी परिसर में एक शक्तिशाली महिला पार्षद रहती थीं जो जल्द से जल्द विधायक और उसके बाद सांसद बनने के सपने देखा करती थीं।

पार्षद- आंटी की आवाज़ काफी रोबदार थी , और शाम को जब हम स्कूल की दैनिक गतिविधियों के बाद और रात्रि का भोजन समाप्त करने के पश्चात मेस से लौटते तब भी उनकी आवाज़ गूंजती रहती। या यूं कहें कि वह किसी

न किसी कारण से सारे मुहल्ले को अपने मौजूद होने का अहसास कराया करती थीं।

हमारा स्कूल एक बहुत पुरानी इमारत में था जहां कभी स्कूल के साथ विद्यार्थी- गृह भी हुआ करता था , जो अब मात्र स्कूल और मेस ही बनकर रह गया था। उसी के इर्द-गिर्द हमारे सभी क्रियाकलाप होते रहते थे, जैसे सुबह की कसरत, कार्यालयीन गतिविधियाँ , सुबह-शाम का नाश्ता, दिन और रात का भोजन तथा पढ़ाई की क्लासेज़। गुप्ता हॉस्टल जाने के लिए हमें क़रीब दो किलोमीटर की यात्रा पैदल ही तय करनी होती थी ; वह भी बस्तियों के बीच से गुज़रते हुए। साथ ही नेशनल हाईवे नंबर 6 को सुरक्षित पार करना पड़ता था।

उस बस्ती के बगल में कुछ शराब की दुकानें हुआ करती थीं। हम लोग दिन में तीन बार उसके आसपास से गुज़रते थे --- जैसे सुबह कसरत के लिए, फिर नहा कर वापस स्कूल के लिए तथा रात के भोजन के पश्चात क़रीब साढ़े आठ के आसपास , दिन की गतिविधियों से निवृत होने के पश्चात।

जब रात में हमलोग हॉस्टल में वापसी होते थे तब भी हमारे पीछे का इलाक़ा गुलज़ार रहता था , क्योंकि बस्ती के लोग दिन भर की थकान के बाद शाम को अलग अलग

गतिविधियों से अपनी थकान मिटाते या यूं कहें कि इन गतिविधियों के माध्यम से अपने सुख-दुःख साझा करते।

यहां सुख-दुःख साझा करने के लिए कुछ लोग भजन-कीर्तन का भी सहारा लेते थे एक पंडित के घर के सामने ; और कुछ लोग शराब का सहारा लेते और फिर अपनी नूरा -कुश्ती करते।

जो लोग अपना सुख-दुःख बांटने के लिए शराब का सहारा लेते थे वह शाम ढलते ही मातृभाषा मराठी और राष्ट्रभाषा हिंदी को त्याग कर आंग्ल- भाषा में ही वार्तालाप करने लगते थे।

शाम को इन अंग्रेज़ी- भाषी लोगों को पार्षद- आंटी गालियां देती रहती थीं। पार्षद- आंटी की ख़ास बात यह थी कि वह पंडित के घर के आसपास किसी शराबी को भटकने भी नहीं देती थीं।

साधना मैडम के आने से हमारी रुचि रसायन -शास्त्र में बढ़ चुकी थी , और हमारी रुचि को देखकर मैडम ने हमें भिन्न-भिन्न रसायनों के बारे में बताना शुरू कर दिया था , जैसे अल्कोहल और एसिड।

न जाने क्यूं , हम कितनी भी कोशिश करते, इन रसायनों के बारे में हमें ठीक से कुछ याद नहीं रह पाता था।

नीलकंठ और धनंजय में बहुत गहरी दोस्ती थी । लेकिन उनकी आदतों में कुछ असमानताएं भी थीं, जैसे कि धनंजय ख़ूब पढ़ता , ख़ूब सोचता ; पर नीलकंठ कम पढ़ता और बिल्कुल भी नहीं सोचता ।

नीलकंठ बड़ा होकर बावर्ची या मास्टर-शेफ़ बनना चाहता था। मास्टर- शेफ़ बनने के लिए तो अभी काफ़ी समय था । मगर पहले कक्षा नवम् की सीढ़ी को पार करने की ज़रूरत थी।

नीलकंठ को भी रसायन- शास्त्र की मैडम से पढ़ना तो पसंद था , पर उसे किताबों से कोई लगाव नहीं था।

मैडम ने आज एथिल अल्कोहल के बारे में पढ़ाना शुरू किया था। मगर नीलकंठ कुछ भी जवाब नहीं दे पाया था। इसी वजह से उसकी पिटाई भी हुई थी और उसे हिदायत दी गई थी कि अगली बार उसे सब कुछ याद करके आना होगा और सभी के सामने उसे दोहराना भी होगा ; वरना उसकी ख़ैर नहीं थी ।

उस समय तक हमें एथिल अल्कोहल और शराब की समानता और भेद के बारे में कुछ भी ज्ञान नहीं था।

हम लोग शाम को गुप्ता हाउस में सामूहिक पढ़ाई के लिए कभी- कभार अपने दरवाज़े को ब्लैक बोर्ड बना लेते थे । हम में से कोई एक पढ़ाता और बाक़ी लोग समझते रहते , विद्यार्थियों की तरह ।

ब्लैक- बोर्ड पर राहुल हमें गणित पढ़ाता, रंजन हमें अंग्रेज़ी पढ़ाता और धनंजय साइंस पढ़ाता। मुझे हिंदी में रुचि थी , जिसे कोई पढ़ना नहीं चाहता था। इसीलिए नीलकंठ और मैं, विद्यार्थियों की श्रेणी से कभी ऊपर उठ ही नहीं पाए।

हमारे वार्डन श्री भंडारकर सर थे जो स्वयं गणित के शिक्षक थे। उनका और हमारा रूम आपस में सटा हुआ था।

वैसे तो भंडारकर सर एक अच्छे इंसान थे, मगर शिक्षक बहुत सख़्त थे और इसी के चलते हम लोग उनसे हमेशा डरे -सहमे रहते थे।

भंडारकर सर को हमारा इस तरह दरवाज़े पर ज्ञानार्जन करना बहुत अच्छा लगता था ; मगर उनकी एक आदत थी सिगरेट पीना , जिस पर अभी वार्डन बनने के चलते कुछ अंकुश लगा हुआ था । इसीलिए वे कभी - कभार हाउस की छत पर जाकर बादलों और चांद - सितारों की महफ़िल में ही सिगरेट का लुत्फ़ उठाया करते थे; या फिर लुकते -चिपके , कभी कभी , बाथरूम में , हॉस्टल के बच्चों से दूर ।

इधर साधना मैडम की सख़्ती के चलते नीलकंठ मात्र विज्ञान ही पढ़ना चाहता था, और इसीलिए धनंजय हमें आजकल रसायनों के बारे में बता रहा था।

एक दिन दरवाज़े के ऊपर हम सबको को समझाते हुए धनंजय बोला , "जिस भी किसी चीज़ पर अल्कोहल लिखा हो उस पर ग़ौर करो .... उसके ऊपर सोचा करो । ऐसी चीज़ जिस पर अल्कोहल का उल्लेख हो उसको ढूंढने की कोशिश करो तब तुम्हें उसे गुणधर्म और उपयोग याद हो जाएंगे ।"

धनंजय के इस सुझाव पर राहुल और रंजन ने भी हामी भरी थी , और मुझे और नीलकंठ को भी यह सुझाव पसंद आया था।

नवोदय में एक अनुशासन था कि जब भी आप रोड पर चलें तब आपको तीन – तीन की पंक्तियों में चलना पड़ता था जिसे "इन थ्रीज़" भी कहते थे। इस दौरान कोई शिक्षक साथ न होने पर कप्तान पूरी यात्रा को नियंत्रित करता था। जब हम लोग इस व्यवस्था में चलते तो सामने पड़े पत्थर,बोतल या बोतल का ढक्कन, जो भी मिलता था उसे फुटबॉल की तर्ज़ पर एक- दूसरे को धीरे धीरे पास करते हुए चलते थे , जिससे हमारी यात्रा थोड़ी आसान हो जाती थी।

नीलकंठ थोड़ा कच्चा खिलाड़ी था जो छोटी चीजों को ठीक से पास नहीं कर पाता था।

आज रविवार था और मैडम की अगली कक्षा मंगलवार को होने वाली थी । मगर मैडम और एथिल अल्कोहल नीलकंठ के दिलो- दिमाग़ पर इस तरह हावी थे कि वह इन्हें हमें भी भूलने नहीं दे रहा था।

दोपहर के भोजन के पश्चात हम लोग अपने गुप्ता हाउस की ओर 'इन थ्रीज' में अपना "पत्थर फुटबॉल" खेलते हुए जा रहे थे। मेरे पैर से फुटबाल के लिए इस्तेमाल हो रहा पत्थर – जिससे हम लोग चलते चलते फुटबॉल खेल रहे थे --अचानक कहीं गुम हो गया ।

फिर हम लोग किसी और चीज़ की तलाश करने लगे जिससे फुटबॉल खेला जा सके और जो हमारी यात्रा के कष्ट को कम करे। इसी आपाधापी में एक कांच की छोटी बोतल -- जिसे शीशी भी कहते हैं -- पड़ी मिली , ठीक हमारे पैरों के पास।

अब हम लोग उसे एक - दूसरे की ओर फुटबॉल की तर्ज़ पर छोटे-छोटे पास करते हुए बढ़ रहे थे कि वह एक पत्थर से टकराई ,और 'टनाक ' की एक आवाज़ गूंज उठी जिसने हम सबका ध्यान आकर्षित कर लिया । उसकी आवाज़ ने खेल के आनंद को भी दोगुना कर दिया था ; और नीलकंठ को उसे पास करने में सुविधा भी हो रही थी, क्योंकि वह छोटे पत्थर की तुलना में थोड़ी बड़ी थी।

इसी बीच वह शीशी पुनः किसी पत्थर से टकराई और फिर 'टनाक' की एक आवाज़ गूंज उठी जिससे हमारा कप्तान अपनी ज़िम्मेदारी दारी के प्रति सजग हो गया था। कप्तान क़द -काठी में हमसे बेहतर था , और अनुशासित भी।

'टनाक ' की आवाज़ सुनते ही कप्तान ने हमारी ओर कुछ निर्देश दिए । कप्तान की आवाज़ आते ही नीलकंठ ने उस शीशी को उठा लिया और जेब में रखते हुए धीरे से बोला," यह पत्थर फुटबॉल के लिए एक अच्छी गेंद है ....। " मैंने भी सिर हिला कर हामी भरी।

हम लोग हॉस्टल पहुंच गए थे।

सब लोग फ्रेश होकर आराम फ़रमा रहे थे । क्योंकि ऐसा मौक़ा में हमें एक ही दिन मिलता था , वह भी रविवार को । इस दिन हम लोग बिलकुल निश्चिंत और बिना ' अनुशासन ' के आराम से रहते थे।

शाम को नीलकंठ -- जो हमारे बग़ल वाले कमरे में रहता था -- वही कांच की बोतल लेकर आया और उसे हाथों में मटकाते हुए बोला ,"देखो इस पर क्या लिखा है?"

जब हम लोगों ने उसपर कुछ ख़ास ग़ौर नहीं फ़रमाया तब वह कांच की बोतल दिखाते हुए बोला , "अभी देखो .... देखो .... यह शिशी केमिस्ट्री के काम की है , इस पर लिखा है , ' नागपुरी संतरी -- एथिल अल्कोहल '।

हम लोगों को 'नागपुरी' और 'संतरी' में कुछ भी महसूस नहीं हुआ । मगर एथिल अल्कोहल सुनते ही एकाएक अपनापन महसूस हुआ।

हम लोग उसी शीशी को पलट पलट कर देख रहे थे । मगर उसके ऊपर लिखी महीन , पतली लिखावट पर किसी ने ग़ौर नहीं किया।

नीलकंठ ने उसे अपने कमरे में बक्से के उपर सजा कर रखा था , जो किसी के ध्यान में नहीं आया।

सोमवार को हमें वैसी ही दो और कांच की बोतल मिलीं जैसी कि नीलकंठ ने अपने कमरे में अपने बक्से के ऊपर सजा कर रखी थी । नीलकंठ के शीशी को संजोकर इसलिए रखा था क्योंकि धनंजय ने कहा था कि जिस भी चीज के ऊपर एथिल अल्कोहल का उल्लेख हो उसे ढूंढने की कोशिश करो जिससे रसायन शास्त्र की पढ़ाई आसान होगी ; और यही सुझाव नीलकंठ को राहुल और रंजन ने भी दिया था ।

सोमवार की शाम को धनंजय ने हमें पुनः केमिस्ट्री सिखाई ।

मंगलवार को नीलकंठ के जवाब सुनकर मैडम ख़ुश हुईं और उसकी तारीफ़ भी की।

नीलकंठ भाव विभोर होकर कहने लगा, "जिस भी चीज़ को अच्छे से पढ़ना है उसे अपने आसपास ढूंढा करो और उससे अपनापन महसूस करो।"

नीलकंठ के कहने का संदर्भ सहित अर्थ मैडम की समझ में तो नहीं आया मगर वह भावार्थ समझ कर, ' बहुत अच्छा' कह कर चली गईं।

मंगलवार को पुनः एक और कांच की बोतल मिली; और उसको भी नीलकंठ ने सजा कर अपने बक्से के ऊपर रख दिया।

वार्डन गुरुवार की सुबह किसी आवश्यक कार्य के लिए अपने घर जाने वाले थे। मगर बुधवार की शाम को अचानक ख़बर आई कि जवाहर नवोदय विद्यालय, क्षेत्रीय कार्यालय पुणे से कुछ अधिकारी जांच पड़ताल के लिए आने वाले हैं।

यह अधिकारी बच्चों की पढ़ाई का स्तर तथा उनके खाने-पीने और रहने की व्यवस्था की जांच, और फिर इन विषयों पर रिपोर्ट बनाने के उद्देश्य से आ रहे थे।

इसी के मद्देनज़र प्रधानाचार्य ने हमारे वार्डन को आदेश दिया कि वह घर जाने से पहले पूरे हॉस्टल की व्यवस्था

सुनिश्चित करें ताकि पर्यायी वार्डन श्री उंदीरवाड़े सर को कोई तकलीफ़ न हो।

बुधवार रात्रि भोज के पश्चात वह सभी कमरों में जांच कर रहे थे।

हर कमरे में लगभग 6 विद्यार्थी होते थे । बिस्तर कैसे सजाना है , कपड़े कहां सुखाने हैं , किताबों को कैसे रखना है --- इन तमाम बातों पर सब को निर्देश दे रहे थे।

अंत में वे नीलकंठ के रूम में पहुंचे । सबको कुछ हिदायतें व कुछ निर्देश देते देते वह नीलकंठ के बिस्तर की ओर पहुंचे।

बक्सा देखते ही उनकी त्यौंरियां चढ़ गईं । उनके गुस्से का ज्वालामुखी उबाल खाने लगा।

बक्से के ऊपर सजाई हुई बोतलें देखकर वह गुस्से से कांपने लगे।

किसी को कुछ भी समझ नहीं आ रहा था कि सर आज गुस्से से उबल क्यों रहे हैं ?

उन्होंने गुस्से में अपने बाएं हाथ से नीलकंठ के ऊपर पंजा छाप दिया । नीलकंठ बावरा- बावरा- सा ज़ोरों से रोने लगा ; और रोते रोते ही वह पूछ बैठा," क्या बात है सर , आप क्यों मार रहे हैं ?"

उसके प्रश्न के जवाब में भंडारकर सर ने उसी पर प्रश्न दाग दिया, “ये किस चीज़ की बोतले हैं?”

नीलकंठ डरते-डरते बोला," सर रसायनशास्त्र के एथिल अल्कोहल की हैं ।"

वार्डन फिर गुस्से में बोल पड़े," अरे मूर्ख यह सब शराब की बोतलें हैं , रसायनशास्त्र की नहीं । "

फिर वे प्रश्न दागने लगे,"कब से पीते हो ? कौन लाता है? पैसे कहां से आते हैं?"
और पता नहीं वह क्या क्या पूछ रहे थे।

नीलकंठ बोला , "नहीं सर , यह शराब की बोतल नहीं हैं। यह आप ख़ुद पढ़ लीजिए ; और हम लोग शराब नहीं पीते ।"
बोलते बोलते वह ज़ोरों से सुबकने लगा ।
यह सब देख - सुनकर हम सभी का अल्कोहल का भूत उतर गया और हम एक-दूसरे को आश्चर्य से देखने लगे।
सर ने बोतल के ऊपर लिखी हुई महीन पंक्ति को दिखाते हुए कहा," मूर्खों , इसे भी पढ़िए।"

सर के कहने पर धनंजय ने बोतल थामी और ज़ोरो से पढ़ा, "शराब पीना सेहत के लिए हानिकारक है। "

और अब हम सब डर से कांपने लगे।

वार्डन फिर गुस्से में उबले, और बोले ," सभी बोतलें फेंककर आओ, अभी की अभी। "

वार्डन इतने तनाव में थे कि गुस्से से अपने कमरे में गए , जेब से कोई पैकेट निकाला और बाथरूम की दिशा में बढ़ गए ; शायद सिगरेट की तलब आ गई थी उन्हें ; या अपने रक्तचाप को नियंत्रित करना चाह रहे थे ।

रात के क़रीब ग्यारह बजे थे।

इतनी रात को बोतल फेंकने को कहां जाएंगे ?हम लोग सोच रहे थे । क्योंकि हमें डर था कि वार्डन पुनः हंगामा न कर दें; और इसी डर से धनंजय और नीलकंठ ने सारी बोतलें उठाईं और छत पर गए , और फेंक दिया नीचे बस्ती की ओर।

आज गुरुवार है ...

हमारे वार्डन छुट्टी पर गए हैं , और हॉस्टल की यही व्यवस्था देखने के लिए नए वार्डन आए हैं।

नए वार्डन मराठी के शिक्षक है,जो क़द -काठी में भारत के द्वितीय प्रधानमंत्री श्री लाल बहादुर शास्त्री से मेल खाते हैं, और स्वभाव से एकदम सरल तथा सबपर पूरा भरोसा करने वाले इंसान हैं ।

आज वार्डन के रूप में उनका पहला , और नए शिक्षक के रूप में भी उनका पहला हफ्ता चल रहा है।

शाम को जैसे ही हम लोग हॉस्टल पहुंचे ,वैसे ही पीछे की बस्ती के लोग , उसी महिला पार्षद के नेतृत्व में लाठियां लेकर , आए और हॉस्टल को घेर लिया। वे लोग ज़ोर-ज़ोर से हम लोगों को गालियां भी दे रहे थे।

उनका आरोप था कि हॉस्टल के बच्चे पढ़ाई के नाम पर बदमाशियां करते हैं । वह पंडित जी की लड़की को छेड़ते हैं। और उनका यह भी आरोप था कि यह हॉस्टल शराब का अड्डा बन चुका है और यह बच्चे शराब पीकर ख़ाली बोतलें पंडित जी के घर में फेंकते हैं।

नए वार्डन हाथ जोड़कर उनको समझा रहे थे कि हमारे बच्चे ऐसा कुछ नहीं करते हैं । शोर शराबा देखकर , और नए वार्डन का मनोबल एवं मोर्चा संभालने के लिए , बग़ल के कुथे हाउस से हमारे प्रधानाचार्य जी भी पहुंच चुके थे ।

मगर वहां कोई हमारी बात सुनने को तैयार नहीं था।

महिला पार्षद धमकी दे रही थीं कि वह हॉस्टल को यहां से हटवा कर ही रहेंगी। जब वह कुछ भी सुनने - समझने को तैयार नहीं थीं, और उनके भड़काने से लोग ग़ुस्से में मारपीट करने पर आमादा हो चुके थे , तब एकाएक नए वार्डन चीख पड़े .... "यदि हॉस्टल में या किसी बच्चे के पास या किसी भी जगह यदि शराब की बोतल या उससे संबंधित कोई भी चीज़ पाई जाती है , तो वह अपना इस्तीफ़ा सौंप देंगे -- अभी का अभी।"

नए वार्डन की घोषणा से हम लोग अचंभित थे और आंखें फाड़ फाड़ कर एक दूसरे को देख रहे थे । धनंजय - नीलकंठ - रंजन और मैं एक दूसरे को ताक रहे थे और महिला पार्षद मंद मंद मुस्कुरा रहीं थीं। शायद उसे अपनी जीत का अंदेशा हो गया था ....

आनन फ़ानन में महिला पार्षद के नेतृत्व में हॉस्टल की तलाशी ली गई और शराब संबंधित कुछ भी आपत्तिजनक नहीं पाया गया ; और महिला पार्षद की मुस्कान एथिल अल्कोहल की बोतलों की तर्ज़ पर कहीं गुम हो गई थी ।

8- इंस्पेक्शन, यानी कि जांच पड़ताल

जवाहर नवोदय विद्यालय में क्षेत्रीय कार्यालय, पुणे के अधिकारी- वर्ग जांच - पड़ताल के लिए आए थे।

स्कूल परिसर , हॉस्टल और मेस की अच्छी तरह जांच - पड़ताल हुई। सभी चीजें सही पाई गईं , सिवाय एक चीज़ के ; और वह चीज़ थी बीड़ी के टुकड़े , जो गुप्ता हॉस्टल की छत पर पाए गए थे ।

दूर वाले गुप्ता हाउस की छत पर कुछ बीड़ी के , और कुछ सिगरेट के, टुकड़े पाए गए थे । और यही एक चीज़ थी जिसके चलते क्षेत्रीय कार्यालय के अधिकारी सकते में आ गए थे और हमारे स्कूल का पूरा महकमा भी।

प्रधानाचार्य श्री सिंह साहब बहुत चिंतित और दुःखी प्रतीत हो रहे थे । उनकी चिंता भी स्वाभाविक ही थी , क्योंकि कुछ दिन पहले बस्ती के लोगों ने शराब की बोतलों के नाम पर काफी हंगामा किया था। इसी के चलते उन्हें अंदेशा था कि हॉस्टल में अनुशासन की सीमा से परे भी कुछ हो रहा है ।

बड़ी जद्दोजेहद के पश्चात प्रधानाचार्य जी जांच- टीम से रिपोर्ट में बीड़ी-सिगरेट का ज़िक्र न करने के लिए कह चुके

थे । जांच-टीम ने इसपर सहमति तो जताई, मगर एक वैधानिक चेतावनी के साथ कि अगले 8 दिन के भीतर इस मुद्दे पर प्रधानाचार्य जी स्पष्टीकरण देंगे।

रविवार को वार्डन साहब अपनी छुट्टी के पश्चात हॉस्टल पहुंचे; और वार्डन को देखते ही,कार्यवाहक वार्डन श्री उंदीरवाडे सर की जान में जान आई । क्योंकि, पिछले 3 दिनों में, और अपनी नौकरी के पहले हफ़्ते में ही , वे बहुत कुछ अप्रत्याशित चीज़ों का सामना कर चुके थे । क्योंकि, एथिल अल्कोहल वाले एपिसोड के चलते वार्डन बनने के पहले दिन ही उनकी नौकरी भी दांव पर लग चुकी थी।

इधर वार्डन की स्थिति "सिर मुंडाते ही ओले पड़े " वाली हुई, क्योंकि वह अपनी शादी की बात पक्की कर आए थे और इधर प्रधानाचार्य साहब ने बीड़ी और सिगरेट पीने का ज़िम्मेदार भी उन्हें ही ठहरा दिया था। साथ ही, प्रधानाचार्य जी ने एथिल अल्कोहल वाला क़िस्सा मैनेजमेंट से छुपाने का आरोप भी लगाया था, जिसके कारण जांच- पड़ताल में उन्हें ख़ासी दिक़्क़तों का सामना करना पड़ा था। प्रधानाचार्य जी ने उन्हें ख़ासा फटकारा कि वह इतने बड़े स्कूल के ज़िम्मेदार शिक्षक होने के बावजूद धूम्रपान करते हैं। लेकिन जब उन्हें "सड़क छाप बीड़ी" पीने के लिए लज्जा- शर्म की बातें सुननी पड़ीं तब वे बोले ," सर , यहां मेरे अलावा कोई और भी है जो धूम्रपान करता है"।

प्रधानाचार्य जी : "आपको शर्म आनी चाहिए ।आप सिगरेट के साथ बीड़ी भी पीते हो , और वह भी हॉस्टल की छत के ऊपर। "

वार्डन बोल पड़े ,"नहीं सर .... मैं बीड़ी नहीं पीता , सिर्फ़ सिगरेट पीता हूं। और वह भी कभी-कभी ।"

' सिगरेट पीता हूँ ' यह स्वीकार करते करते उनकी आँखें धरती की सतह में धंसने लगी थीं ।

प्रधानाचार्य जी ने वार्डन को 7 दिन की मोहलत यह कहते हुए दी कि वह बीड़ी का राज़ सात दिन में पता करें वरना आठवें दिन वह अपना बोरिया- बिस्तर समेट लें ।

वार्डन "जी सर" कहकर चिंतित मुद्रा में बाहर आए।

शादी की शहनाई की तैयारी करने की जगह अब उन्हें नौकरी बचाने की जद्दोजहद करनी पड़ रही थी।

वार्डन साहब बहुत सोच -समझ कर अब पांसा फेंक रहे थे ताकि बिना हो-हल्ले के वे बीड़ी का दाग़ अपने दामन से छुड़ा सकें; ताकि मंझधार में फंसी नौकरी की नैया को किनारा मिल सके; ताकि शादी की शहनाई की गूंज सुकून के साथ सबको सुनाई पड़ सके।

पहले दो दिन योजना बनाने में ही बीत गए , हॉस्टल के बदमाश बच्चों , और फिर पढ़ाकू बच्चों के साक्षात्कार लिए गए। साम-दाम-दंड-भेद अपनाए गए; मगर कुछ भी लाभ नहीं हुआ ।

अगले पांच दिनों में उन्हें सटीक जानकारी ढूंढनी थी ताकि वे अपनी नौकरी बचा सकें और प्रधानाचार्य जी को दिया हुआ वचन भी निभा सकें ।

वार्डन रात में सोने जाते , मगर नींद से आँख नहीं मिला पा रहे थे, तथा शहनाई की गूंज भी धीमी पड़ रही थी ।

वार्डन हॉस्टल के कप्तान को लेकर कभी रात-रातभर हर कमरे की चुपके चुपके निगरानी करते, तो कभी --- जब सभी बच्चे स्कूल चले जाते तब-- सभी के बिस्तरों की तलाशी लेते । मगर अब तक कुछ सार्थक हासिल नहीं हुआ था।

इसी बीच पिछले 15-20 दिनों से विज्ञान- प्रदर्शनी की तैयारियां चल रही थीं।

सभी हाउस ज़ोर- शोर से हाथ आज़मा रहे थे, मगर एथिल अल्कोहल एपिसोड और क्षेत्रीय कार्यालय , पुणे के अधिकारियों की भेंट के चलते तैयारियों में कुछ सुस्ती आ

गई थी। लेकिन अब उसमें भी फुर्ती लाने का समय आ गया था।

अधिकांश बच्चे , यानि लड़के- लड़कियां , किताबों की सहायता से अपने "नॉन वर्किंग मॉडल" , अर्थात् स्थिर प्रकल्प , बना रहे थे। लेकिन कुछ बच्चे जीवित प्रकल्प ,यानी कि "वर्किंग मॉडल" ,बनाना चाहते थे।

धनंजय एक वैज्ञानिक दृष्टिकोण रखने वाला विद्यार्थी था जो बहुत पढ़ता था ,और उससे ज़्यादा पढ़ाई के बारे में सोचता था।

हर साल होने वाली अंतर - स्कूल विज्ञान प्रदर्शनी में उसके द्वारा बनाए हुए प्रकल्प ख़ूब वाहवाही लूटते थे । मगर धनंजय की सीमित वक्तृत्व कला और भोलेपन के चलते उसे कभी प्रदर्शनी में प्रतिनिधित्व करने का मौक़ा नहीं मिल पाता था। लेकिन धनंजय के बनाए हुए मॉडलों की बदौलत बालों में तेल ,चेहरे पर पाउडर ,जूते पर पॉलिश तथा शर्ट को इस्त्री करने वाले और सबकुछ तोते-जैसा रटने वाले कुछ विद्यार्थियों को प्रतिनिधित्व का मौक़ा मिल जाता था।

धनंजय इस बार स्वयं प्रतिनिधित्व करना चाहता था , और वह भी किसी वर्किंग मॉडल के साथ।

वह स्वयं अपनी योजना को ख़ुफ़िया तरीक़े से पूर्ण करना चाहता था। वैसे भी, उसका और हमारा हाउस अलग था; इसीलिए हम कोई भी योजना आपस में साझा नहीं करते थे।

मैं और राहुल एस. चंद पब्लिकेशन की किसी किताब में दिया गया कोई मॉडल बनाने की कोशिश में लगे हुए थे। इसी तरह सभी लोग अपने अपने विचारों पर अमल कर रहे थे , ताकि अपने हाउस की तरफ़ से उन्हें प्रतिनिधित्व करने का मौक़ा मिले।

विज्ञान प्रदर्शनी की तैयारियां ज़ोरों से चल रही थीं; और इसके चलते हमारी दरवाज़े पर ज्ञानार्जन करने की गतिविधियां अभी रुकी हुई थीं। दोस्तों में आपसी मेल - मिलाप , और हाउस के सदस्यों के बीच काम , ज़्यादा हो रहे थे।

इधर वार्डन दिन-ब-दिन चिड़चिड़े हुए जा रहे थे।

बीड़ी का उपयोगकर्ता अभी भी परदे के पीछे ही था , लेकिन वार्डन बिना हो-हल्ले के उसे पकड़ना चाहते थे; क्योंकि उन्हें डर था कि हल्ला होने से वह कहीं निशान मिटा न दे; या फिर सतर्क होकर पकड़ से दूर न भाग जाए।

तीन दिन बाद विज्ञान - प्रदर्शनी के लिए हाउस की आंतरिक चयन- प्रक्रिया होने वाली थी , इसीलिए सभी पूरा ज़ोर लगा कर हाथ-पांव मार रहे थे। लेकिन अपना मसाला किसी और के हाथ न लग जाए , इसीलिए ,चोरी-छिपे ,वे अपनी समयानुकूल तैयारियां करते रहते थे।

वार्डन को तीन दिनों के भीतर अपनी रिपोर्ट प्रधानाचार्य जी के पास जमा करनी थी; या फिर अपना बोरिया- बिस्तर समेटना था , अगले सोमवार तक।

आज रविवार था।

कल सभी की प्रतिष्ठा दांव पर लगने वाली थी -- उनकी जो अपने हाउस की चयन प्रक्रिया में पहली बार सम्मिलित होने वाले थे ; उनकी जो लगभग हर साल चयनित होते थे ; और साथ ही दूर वाले गुप्ता हाउस के वार्डन की भी , जिन्हें अपनी साख बचानी थी।

शाम होते-होते लगभग सभी के दिल की धड़कनें तेज़ होनी शुरू हो गई थीं ; इसी के चलते सभी अपने बनाए हुए प्रोजेक्ट का क्रियान्वयन संभल कर, और उसके स्पष्टीकरण की तैयारियां छुप-छुपकर , कर रहे थे ; ताकि

उनके प्रोजेक्ट से संबंधित बातें अन्य हाउसों को तथा अपने ही हाउस के दूसरे प्रतियोगियों को पता न चले।

इधर वार्डन अपने 'मिशन- बीड़ी' पर भी निगाह जमाए हुए थे। वह बड़े विद्यार्थियों पर विशेष ध्यान दे रहे थे कि कहीं वह छुप कर ,या ग़लत संगति के चलते , बीड़ी का सेवन तो नहीं करते। उन्हें कभी लगता कि शायद ही कोई करता होगा ; मगर कभी लगता कि कोई कर भी सकता है , क्योंकि पहली बात : छत पर बीड़ी के टुकड़े मिले थे ; और दूसरी बात : उन्हें अपनी रिपोर्ट जमा करनी थी ; और तीसरी बात : यदि कल तक रिपोर्ट जमा न कर पाए तो बीड़ी का ठीकरा उनके ही सिर फूटने वाला था ; जो शायद उन्हें मंज़ूर नहीं था ; और चौथी बात: कल उन्हें अपना बोरिया बिस्तर समेटना भी पड़ सकता था।

रात्रि- भोज के पश्चात वार्डन काफ़ी परेशान लग रहे थे तथा पिंजरे के शेर की तरह वह आगे-पीछे घूम ही रहे थे। शायद अभी तक वह किसी ठोस नतीजे पर नहीं पहुंच पाए थे। दौड़ती घड़ी के हर घंटे के साथ उनके चेहरे पर शिकन की रेखाएं बढ़ती जा रही थीं।

थक - हार कर रात में क़रीब ग्यारह बजे तक वह सोने चले गए। मगर आज नींद उनकी आंखों से कोसों दूर थी। फिर

भी वह सोने की कोशिश में ऐसे ही एक और घंटा पड़े रहे, लेकिन नींद ने उन्हें अपने आगोश में लेने के लिए साफ़ मना कर दिया था।

पिछले कई दिनों से वार्डन धुम्रपान से दूर रहने की कोशिश कर रहे थे; और शायद सफल भी हुए थे, क्योंकि कई दिनों से न तो किसी ने उन्हें धुम्रपान करते हुए पाया था और न ही किसी बाथरूम से सिगरेट की बू आई थी।

अब रात भी चढ़ने लगी थी , और साथ में वार्डन का तनाव भी बढ़ रहा था । नींद अभी तक उनकी आंखों से नदारद थी। तनाव अधिक होने से एकाएक वे बिस्तर से उठ खड़े हुए और कुछ चीज़ें जेब में लेकर चल पड़े ; शायद उन्होंने एक अर्से के बाद सिगरेट और माचिस को संभाला था।

सिगरेट और माचिस संभालते ही शायद उन्हें प्रधानाचार्य जी का चेहरा याद आया होगा । इसीलिए वे भारी मन से इधर-उधर झांकने लगे थे ; अंधेरे में वे कभी छत को देखते , तो कभी ज़मीन को .... फिर कुछ सोचते हुए बाथरूम की ओर बढ़ चले।

बाथरूम में जाते जाते उन्हें फिर कुछ याद आया, और वे पुनः बाहर आ गए और फिर कुछ सोचते सोचते छत की ओर चल पड़े।

शायद आज गुप्ता हाउस की छत पर चांद- सितारों की महफ़िल में वह अंतिम बार सिगरेट के कश का आनंद लेना चाहते थे ; या अपनी नींद के लिए तनाव और फ़िक्र को धुएं में उड़ाना चाहते थे; पता नहीं.....

छत का दरवाज़ा खुला था। दरवाज़ा खुला कैसे रह गया ?

यह सोचते हुए वे धीमे-धीमे आगे बढ़े , अपनी ही धुन में ।

जेब से सिगरेट और माचिस बाहर निकाली । माचिस की तीली को बाहर निकाल कर एक झटके के साथ माचिस के डिब्बी के एक ओर घिसने ही वाले थे कि छत पर उन्हें कुछ महसूस हुआ....

वे टकटकी लगाकर उस दिशा में देखने लगे जिधर उन्हें कुछ महसूस हो रहा था । मगर उन्हें कुछ नज़र नहीं आ रहा था । लेकिन उनकी छठी इंद्रिय उन्हें कुछ संकेत दे रही थी । वे उसी दिशा में आँखे बड़ी-बड़ी कर देखने लगे , कि उन्हें अचानक लाल रंग की बिंदी के आकार की रोशनी नज़र आई; और फिर एकाएक वह ग़ायब हो गई। उन्हें अपनी आँखों पर कुछ विश्वास नहीं हुआ । लेकिन पुनः वैसे ही रोशनी आई और उसी गति से पुनः ग़ायब हो गई ।

वे झट से नीचे आए बिना किसी आवाज़ के; और उन्होंने हमें हिला हिला कर जगाया। हॉस्टल का कप्तान, राहुल, रंजन और मैं डरते-डरते कर उनके पीछे हो लिए। छत पर

चढ़ते हुए वे बोल पड़े, " अरे ! ऊपर कुछ है .... कुछ तो गड़बड़ है। "

उन्होंने टॉर्च संभाला हुआ था।

'गड़बड़' शब्द सुनकर हमारे हाथ -पांव फूलने लगे। मगर न चाहते हुए भी --वार्डन के डर से -- हम लोग धीरे-धीरे उनके पीछे हो गए। मैं, राहुल और रंजन उनके पीछे पीछे चल रहे थे । ऊपर पहुंचते- पहुंचते ही हम लोगों ने भी लाल रंग की रोशनी को लुका-छिपी खेलते हुए देखा , और डरकर हम तीनों ' भूत-भूत ' चिल्लाने लगे।
वैसे ही वार्डन ने उस लाल रंग की रोशनी पर टॉर्च की रोशनी बिखेर दी।

वहां धनंजय, रंजीत और रामवीर बैठे थे और बड़ी बड़ी आंखों से हमें आश्चर्य -मिश्रित भय से देख रहे थे।

उनको देखते ही वार्डन ज़ोर से चीख पड़े,"मूर्खों ! तुम लोग यहां बीड़ी पी रहे हो ? और उधर बीड़ी पीने के नाम से मेरी नौकरी जाने वाली है। तुम लोगों के चलते मैं हफ़्ते- भर से सोया भी नहीं हूं। इतना ही नहीं , तुम लोगों के चलते मेरी शादी पर भी तलवार लटकी हुई है।"

ऐसा कहते कहते उन्होंने रामवीर को एक ज़ोरदार तमाचा जड़ा। रामवीर हरियाणा का छोरा था।

रामवीर " नहीं सर जी. ... नहीं सर जी " कहकर इधर - उधर भागने लगा , और साथ ही हाथ जोड़कर ज़ोरों से रोने लगा।

वार्डन फिर धनंजय को देखकर ज़ोर से चीख पड़े ," तुम पढ़ाई छोड़ कर कब से इस काम में जुटे हुए हो?"

ऐसा प्रश्न पूछते हुए उन्होंने धनंजय के ऊपर भी एक तमाचा जड़ दिया।

गुस्से में वे रंजीत की ओर बढ़ ही रहे थे कि रंजीत भागते भागते बोल पड़ा, " सर हम लोग बीड़ी नहीं पी रहे हैं .. ... हम लोग विज्ञान- प्रदर्शनी के लिए तैयारी कर रहे हैं।"

रंजीत अभी भी इधर- उधर भाग रहा था और वार्डन को यक़ीन दिलाने की कोशिश कर रहा था कि वह लोग विज्ञान - प्रदर्शनी की तैयारी कर रहे थे न कि बीड़ी पीने के लिए वहां इकठ्ठा हुए थे ; और साथ ही वह इधर - उधर भागने की चेष्टा कर रहा था। तीनों आशापूर्ण , मगर डर-मिश्रित , निगाहों से वार्डन को परखने की कोशिशें कर रहे थे।

जब तीनों ने देखा कि वार्डन उनकी बातों को समझने की कोशिश कर रहे हैं , तब वे तीनों उनके पैरों में गिर पड़े।

उनके पास एक घड़ी, एक पानी से भरी प्लास्टिक की बाल्टी थी और एक खोखला टिन का डिब्बा था , जो एक सिरे से बंद था और जिसमें बंद वाले सिरे के पास एक छेद बना था । उस छेद में एक जलती हुई बीड़ी फंसी हुई थी। आसपास कुछ बीड़ी के टुकड़े पड़े हुए थे, और रामवीर हाथ में बीड़ी का कट्टा लेकर खड़ा था ,जिस पर 'सड़क छाप बीड़ी' का लेबल चस्पा हुआ था।

धनजंय बता रहा था कि वह पहली बार विज्ञान- प्रदर्शनी में दल का प्रतिनिधित्व करना चाह रहा है । इसीलिए वह अपने वर्किंग मॉडल की तैयारी छुप-छुपकर करता है । उसका विषय था:" रेट ऑफ एयर फ्लो इनक्रीजेस रेट ऑफ कम्बशचन" , अर्थात् "हवा की गति बढ़ने से जलने की क्रिया तेज होती हैं" ।

इधर धनंजय दिखा रहा था कि टीन के डिब्बे के खुले हुए सिरे को पानी में डूबा कर . डिब्बे को ऊपर- नीचे हिलाने से बीड़ी के जलने की गति में बढ़ोतरी हो रही थी ; और उधर वार्डन के चेहरे से शिकन की रेखाएं मिट रही थीं, और मन में शहनाइयां गूंज रही थी ... ..शायद ।

9- चवन्नी, बिल्लू और सुपर कमांडो ध्रुव

नवोदय की दुनिया, यक़ीन मानिए , एक नए उदय की संभावनाओं की दुनिया है।

मगर यहाँ संभावनाओं की दुनिया भी अपार और अनंत है, क्योंकि संभावना भी एक असीमित शब्द है, जो व्यक्ति की दशा ,मनोदशा, सुख – दुःख एवं उसके इतिहास - भूगोल के उपर निर्भर करता है।

संभावित संभावनाएं इस प्रकार हो सकती हैं ---जैसे महान नेता की ,अभिनेता की, महान पढ़ाकू की ,या एक महान ख़ुराफ़ाती की। मगर एक और महान संभावना यह भी थी कि कोई महान कॉमिक्स प्रेमी बने या महान लेनदेन करने वाला , यानी कि सौदागर।

उन दिनों , कॉमिक्स की दुनिया हमारे नवोदय की दुनिया में अपने उफ़ान पर थी।

वैसे , और कोई चारा भी नहीं था।

टी वी (TV) सिर्फ़ रविवार को मुँह दिखाता था । माता - पिता भी रविवार को ही आते।

बड़े बच्चों के माता-पिता तो महीने के अंतिम रविवार को ही आते थे। इसलिए अनुशासन , हाउस की ड्यूटी , सुबह की पी टी(PT) और सप्ताहांत में होनेवाली परीक्षा के बोझ से बच्चों को निवृत्त करने का ज़िम्मा कॉमिक्स के सिर ही रह गया था।

सचिन और नीतिन घनिष्ठ मित्र थे, जो कक्षा सातवीं में पढते थे। राहुल जो कक्षा नवम् में था उन दोनों का गुरु था।

नीतिन हमेशा जेब में चिल्लर पैसे लेकर घूमता था। उसके जेब से हमेशा सिक्कों की खनक गूंज उठा करती ; जिसके चलते सब उसे 'चवन्नी 'कहते थे।

सचिन,हमेशा बिल्लू की कॉमिक्स पढ़ता था तथा उसके बाल भी उसके माथे के ऊपर झुलते रहते थे ,जिसके चलते वह 'बिल्लू' नाम से जाना जाता था। और उनकी जोड़ी को सब कहते थे "बिल्लू-चवन्नी" ।

सचिन जब भी घर जाता , या उसके घर से कोई आता, तो वह यक़ीनन कोई कॉमिक्स ज़रूर ले आता , और इसलिए रविवार के बाद उसके पास छोटे - बड़े सभी गुड़ की मक्खियों की तरह घूमा करते थे।

सचिन के पास जो कॉमिक्स होती, उसे बाक़ी सिनियर बच्चे 'साम दाम दंड भेद ' के पैंतरे से हाथिया लेते थे ,और राहुल भैया कभी- कभार उसकी रक्षा करते थे।

राहुल भैय्या की सलाह पर, अब वह कॉमिक्स के बदले कॉमिक्स का फार्मूला अपना रहा था , या यूं कहें तो व्यापार कर रहा था ।

उसके कॉमिक्स का लेनदेन सुचारु एवं व्यवस्थित ढंग से चल रहा था। वह राहुल भैया की सलाह पर नई कॉमिक्स को किराए पर देने लगा था। एक घंटे का किराया दस पैसे

मात्र । उन दिनों इतने पैसों की काफ़ी अहमियत थी । मगर उसके बावजूद , भीड़ जुटी ही रहती थी।

इस काम में नीतिन उसका बही-खाता , कॉमिक्स के आवक- जावक तथा पैसे का हिसाब भी रखता था। यह कहना मुश्किल है कि वह कितने प्रतिशत का पार्टनर था।

इसी बीच, अंतर-हाउस सामान्य ज्ञान की क्विज़ प्रतियोगिता होने जा रही थी । जिसमें इतिहास, खेल एवं कॉमिक्स के ज्ञान के ऊपर ज़्यादा तवज्जो दी जानेवाली थी।

सचिन किसी वजह से उपलब्ध नहीं था, क्योंकि वह निजी कारणों से घर गया हुआ था। इसलिए उसके विकल्प के रूप में नीतिन को टीम में रखा गया था।
लोगों को उम्मीद थी कि बिल्लू का दोस्त भले ही कॉमिक्स की दुनिया का एक रुपया न जानता हो, मगर चवन्नी तो जरूर जानता होगा। मगर वह चवन्नी तो क्या एकन्नी भी नहीं बता पाया। सारे हाउस ने हार की ठीकरा उसके माथे जड़ दिया और चवन्नी से उसे 'बेकार चवन्नी' कहना शुरू कर दिया।

रोते रोते वह अपने गुरू राहुल भैया की शरण में पहुँचा।

राहुल भैया:" तुम सचिन की सभी कॉमिक्स सबसे पहले पढ़ के रखा करो। ताकि अगले साल क्विज़ में अच्छा कर सको।"

नीतिन(आंसू पोंछते हुए) : " ठीक है भैय्या, मैं अगले साल चवन्नी से एक रुपया बनकर दिखाऊँगा ।" नीतिन ने भी कमर कस ली ।

उन दिनों बाज़ार में पिटारा कॉमिक्स और डायमण्ड कॉमिक्स के बीच काफी रस्साकशी मची हुई थी। कार्टूनिस्ट प्राण के सितारे चाचा चौधरी- साबू , बिल्लू एवं पिंकी की तूती बोला करती थी ।

समय की गति में थोड़ी तेज़ी आ रही थी ।

चाचा चौधरी का कंप्यूटर से भी तेज़ दिमाग़ बच्चों के आगे फीका पड़ रहा था। इसी बाज़ार में 'राज कॉमिक्स' अपने पैर पसारना चाह रहा था ।

समय से अलग उसने बांकेलाल, नागराज और सुपर कमाण्डो ध्रुव की कॉमिक्स बाज़ार में उतारी थी ।

कॉमिक्स में हीरो सुपर कमांडो ध्रुव का मोटरसाइकिल पर बंदूक लेकर घूमना और नागराज का नाग रस्सी के दम पर गुंडों की पिटाई करना, एक क्रांतिकारी कदम था। मगर अब तक नवोदय के बच्चों की राज कॉमिक्स के बांकेलाल तक ही पहुंच हो पाई थी। मगर बांकेलाल कॉमिक्स के पिछले पन्नों पर बने पीले सूट वाले सुपर कमांडों ध्रुव एवं हरे रंग का नागराज देखते ही बनता था। सारे हॉस्टल में ध्रुव एवं नागराज के चर्चे चहक एवं दहक रहे थे, जबकि उन्हें शायद ही किसी ने पढ़ा था।

रविवार को सचिन घर से वापिस आ गया था ।

घरवालों के जाते ही उसके इर्दगिर्द सभी कॉमिक्स की भूखी निगाहें लेकर मंडराने लगे। सचिन ने पिंकी-बिल्लू जैसी कॉमिक्स तो बांट दी थीं, बहीखाते में जिनकी लिखा - पढ़ी भी नीतिन ने कर दी थी।

मगर सचिन एक कॉमिक्स को छिपाने की पुरज़ोर कोशिशें कर रहा था। उसकी यह कोशिश उसके सबसे क़रीबी दोस्त को रास नहीं आ रही थी। एकाएक, उसी कॉमिक्स पर झपटते हुए वह बोल पड़ा," क्या छिपा रहा है रे बिल्लू ?"

अपने सबसे क़रीबी दोस्त से 'बिल्लू' सुनते ही वह तमतमा गया। और उसी लहजे में चीख पड़ा, "अपना काम करना बे 'चवन्नी' ।"

एकाएक दो सबसे क़रीबी दोस्तों की बीच कड़वाहट की तलवारें खिंचती हुई प्रतीत हो रही थीं।

दोनों की यह बेरुख़ी से लबालब अदाएं देखकर राहुल भैया भी सकते में आ गए। उन्होंने आज तक बिल्लू-चवन्नी की जय-वीरू जैसी फ़ेविकोल से भी मज़बूत दोस्ती को देखा था। सच कहें तो उनकी देखरेख में ही उन दोनों की दोस्ती गोंद से बदलकर फ़ेविकोल हुई थी। वे दोनों दोस्ती के रास्ते व्यावसायिक सहयोगी बने थे। लेकिन आज ऐसा क्या था कि दोस्ती में दरार आ गई थी ?

राहुल भैया भी जानने को बेताब थे कि 'बिल्लू' असलियत में क्या छुपा रहा है ?

जैसे ही राहुल भैया ने उस ओर हाथ बढ़ाया, उसी वक़्त चवन्नी ने उस पैकेट को झट से उठाया और भाग उठा। बिल्लू भौंचक्का-सा देखता रह गया ; फिर गुस्से में उसके पीछे दौड़ पड़ा और गालियों के फूलों की बरसात करने लगा , " साला चवन्नी ... कॉमिक्स चोर।"

भागते भागते' चवन्नी' वह बोल पड़ा , " मैं चोर नहीं हूं , बल्कि राहुल भैया के आदेश का पालन कर रहा हूँ।"

एकाएक राहुल की गति बढ़ गई , वह भी बोल उठा , "आदेश? कौन -सा आदेश ?"

चवन्नी: "आपने कहा था न कि बिल्लू की सबसे पहले कॉमिक्स मुझे पढ़ना चाहिए ताकि मैं अगले साल क्विज़ में अव्वल रह सकूँ ?"

राहुल भैया भी सकते में थे कि उनका एक सुझाव, अचानक इसके लिए आदेश कैसे बन गया ? जबकि कुछ बातें दस बार बोलने के बावजूद माथे में नहीं घुसती थी।

दौड़ते दौड़ते बिल्लू चीख पड़ा, "क्या् भैया ? ऐसा क्यूं आदेश देते हो "। उसकी आँखों से गंगा -जमुना वह रही थी।

राहुल : " तुम दे दो उसे किताब।"

बिल्लू : "नहीं भैया , मैं नहीं दे पाऊँगा।"

राहुल : " क्यूं ?"

बिल्लू : " क्योंकि वह सुपर कमांडो ध्रुव वाली कॉमिक्स हैं और मैंने ख़ुद अबतक नहीं पढ़ीं हैं। "

'सुपर कमांडों ध्रुव' सुनते ही राहुल ने अपनी गति बढ़ाई और चवन्नी को दबोच लिया। वैसे ही बिल्लू भी उस पर टूट पड़ा।

बाक़ी सिनियर विद्यार्थी उनको देख रहे थे ; या यूं कहें तो घूर रहे थे ... ...

वैसे ही राहुल उसके कान में बुदबुदाया " अबे ! मान जाओ, बाक़ी सिनियर इसे छीन लेंगे और मैं बचा भी ना पाऊँगा; फिर पढ़ने कब मिलेगी , इसका भी पता नहीं । चलो अपने रूम में, मसला हल कर लेंगें।"

यह बात दोनों को जंच गई।

दोनों एक -दूसरे को घूरते हुए गुप्ता हाउस के अपने कमरे में पहुंचे । मगर दोनों के तेवर अभी भी 'सौदागर ' फ़िल्म के दिलीप कुमार एवं राजकुमार जैसे थे : छत्तीस का आंकड़ा दर्शा रहे थे।

वह कमरे में पहुंचे । बगल के हॉल में वार्डन श्री भंडारकर सर घूम रहे थे; और बगल में पी टी- सर भी कुछ चर्चा कर रहे थे।

मगर इस कमरे में उन दोनों के बीच इतनी गर्मी थी कि पी टी-सर का डर भी छू- मंतर हो गया था। बिल्लू और

चवन्नी अभी भी एक- दूसरे को घूर ही रहे थे और राहुल भैया कुछ गणितीय गणना कर रहे थे ,शायद ....

राहुल ने पैकेट को अपने हाथ में ले लिया। पैकेट खुला ---

"सुपर कमांडों ध्रुव और प्रतिशोध की ज्वाला" : एकदम चमकीली , झीनी, कवरयुक्त , नई किताब की ख़ुशबू से सराबोर, एक शानदार कॉमिक्स, जिसपर 'डायजेस्ट' लिखा हुआ था।

वैसे ही चवन्नी चीख पड़ा "सुपर कमांडों ध्रुव और प्रतिशोध की ज्वाला"।

लेकिन राहुल को सुनाई दे रहा था "बिल्लू-चवन्नी और कॉमिक्स की ज्वाला" .... वह भी मन ही मन में।

कमरे की ख़ामोशी को दूर करते हुए राहुल बोल पड़ा," चवन्नी ... पहले इसे बिल्लू को पढ़ने दो।"

यह सुनते ही वह सुबकने लगा और उसी दर्द में बोल पड़ा, " फिर आपके आदेश का क्या ? "

एकाएक राहुल को अपना आदेश , जो उसे अब तक याद भी नहीं था, बहुमूल्य प्रतीत हुआ।

स्थिति संभालते हुए वह बोल पड़ा, "ठीक है, बिल्लू ! चवन्नी को पढ़ने दो।"

वैसे ही चवन्नी, बिल्लू की आँखों में झांकते हुए बोला " बड़े भाई के आदेश को भी नहीं मानेगा क्या ? "

बिल्लू खामोश था । मगर उसकी आँखें ,यक़ीनन, मना ही कर रही थीं ।
चवन्नी ने उसकी आँखों को अपनी पानी से लबालब आँखों से पढ़ लिया और पुनः बोल पड़ा ," यदि तुम राहुल भैया का आदेश नहीं मानोगे तो सभी सीनियर्स को बता दूँगा कि तुम्हारे पास सुपर कमांडों ध्रुव है। "

यह निश्चितरूप से ब्रह्मास्त्र था।
बिल्लू को पता चल चुका था कि अब उसे हार माननी ही चाहिए, वरना उसे एक महीने तक उस कॉमिक्स के दर्शन भी नहीं होंगे।

आँखें पोंछते हुए बोल पड़ा," राहुल भैया ! अब मुझे क्या मिलेगा ? आपके आदेश के पालन की सज़ा मिल रही है।"

राहुल भैया, अब दोनों ओर से क़र्ज में थे , क्योंकि दोनों छोटे भाई उनकी मर्यादा रख रहे थे , उनका आदेश मान रहे थे , बेहिचक। इतनी इज़्ज़त उन्हें उनके घर में भी नहीं मिली थी .... शायद।

वैसे ही वह बोल पड़ ," चवन्नी तुमको पचास पैसे देगा।"
यह बात कम और आदेश ज़्यादा प्रतीत हो रहा था।

पचास पैसे की बात सुनते ही वह आश्चर्य से उछल पड़ा --

बाप रे ! पचास पैसे ?

उसका मुँह खुला का खुला ही रह गया।
उसने तपाक से अपनी जेब खंगाली। खन खन की आवाजें हुईं। उसमें से उसने एक सिक्का निकाला और उछाल

दिया बिल्लू की ओर, " ले बे" कहते हुए।

इसी बीच बिल्लू ने कॉमिक्स उसकी तरफ़ सरका दी।

बिल्लू ने सिक्का लपका और फिर चीख पड़ा ," अबे

चवन्नी। चवन्नी क्यूं दिया ? पचास पैसे की बात हुई थी न ?"

और फिर सिक्का वापस उसकी तरफ़ उछाल दिया।

चवन्नी के हाथ में सुपर कमांडों ध्रुव था , कॉमिक्स के रूप

में ... साक्षात्। उसकी आँखें ख़ुशी के मारे फटी की फटी रह गईं थीं और मुँह अभी भी खुला हुआ था। जिस सुपर

कमांडो ध्रुव की सारे नवोदय में चर्चा थी ,वह कॉमिक्स

उसके हाथों में थी , साक्षात्।
बिल्लू के द्वारा फेंकी गई वह चवन्नी हवाई मार्ग से चवन्नी

की ओर बढ़ रही थी और चवन्नी बेपरवाह, बेखबर , बेहद खुश व रोमांचित, सुपर कमांडों ध्रुव की दुनिया में प्रवेश

करने की ओर अग्रसर था , खुले मुंह से।

इसी बीच 'आह आ आ' की आवाज हुई जिसमें दर्द के भाव

थे। चवन्नी , यानी कि नीतिन , तड़प रहा था, क्योंकि बिल्लू

द्वारा फेंकी गई वह चवन्नी नीतिन के गले में फंस गई थी ,खुले मुंह के रास्ते से।

राहुल मदद के लिए गुहार लगा रहा था ; और बिल्लू ,यानी कि, सचिन भी।

दूसरे रूम से बच्चे ,और हॉल से वार्डन के साथ पी टी - सर भी, वहां पहुँचे।

नीतिन ज़मीन पर लेटा हुआ था। उसके बगल में जेब से छिटकी हुई कुछ पांच पैसे , दस पैसे और कुछ चवन्नियां बिखरी पड़ी थीं।

पी टी- सर बोल पड़े ," क्या हुआ गद्दे को ? "

हमेशा की तरह वे गधे के 'धे' पर विशेष मेहरबान थे , जिसके चलते 'गधा' शब्द 'गद्दा ' सुनाई पड़ता था।

राहुल के बताने पर वार्डन ने उसे पेट के बल लिटाया और हल्के हाथों से पीठ के ऊपर थपकियाँ देने लगे।

एक छोटी से उल्टी के साथ उसके गले से चवन्नी निकल कर गिर पड़ी। सभी ने राहत ली की सांस ली। ख़ासकर राहुल,बिल्लू और चवन्नी ने।

वार्डन ने पूछा ," क्या हुआ ? "

वैसे ही पी टी- सर बोल पड़े," तभी मैं सोचूं इस गद्दे (गधे) को चवन्नी क्यूं कहते हैं ? ऐसे ही चवन्नी मुँह में लेकर घूमता होगा। देखो, नीचे भी बिखरी पड़ी हैं। "

चवन्नी ने ' नहीं सर 'कहते हुए , मुंडी हिलाई और कॉमिक्स के तरफ उंगली दिखाई ....

राहुल, बिल्लू और चवन्नी के अलावा किसे क्या समझ आया , पता नहीं । पर पी टी - सर की बांछे खिल गईं । उन्होंने झट से कॉमिक्स झपट ली ; उसे बेरहमी से मोड़ कर अपने बैग में डाल दी और बोले ,"अच्छा हुआ इसे ले आए । वो मेरा भांजा आया हैं गद्दा , हर दिन सुपर कमांडो ध्रुव की कॉमिक्स के लिए जान खाता है ।"

पी टी- सर चल दिए ,अपने घर की ओर ; वार्डन अपने कक्ष की ओर; बाक़ी बच्चे अपने कमरे ओर । और ये तीनों देख रहे थे एक- दसरे की ओर ....।

10- घड़ी

हमारे स्कूल में क्राउन (Crown) कंपनी का रंगीन टीवी तो था , मगर वह रविवार को ही चलता था. ... मात्र।

टीवी में रविवार की ख़ुशनुमा शुरुआत सुबह 'रंगोली ' के गानों से होती थी ; फिर 'महाभारत' ; ' लेखू 'और 'सुनील गावस्कर प्रेजेन्टस्'; शाम को मैटनी शो , वग़ैरह, वग़ैरह ।

स्कूल की लड़कियां सुबह सात बजे से' रंगोली' से लेकर रात तक टीवी का पूरा इस्तेमाल करती थीं । और हम लड़के' महाभारत' और' लेखू 'के अलावा सिर्फ़ शाम की फ़िल्में ही देखते थे ।

इसी के चलते हम लड़कों को हमेशा शिकायत रहती थी कि लड़कियों की अपेक्षा हम लोगों को कम टीवी देखने को मिलता है; और जो कि सरासर नाइंसाफ़ी है । लेकिन असल में इसकी वजह कुछ और थी: पहली वजह थी कि टीवी स्कूल की बिल्डिंग में रखा हुआ था ,और लड़कियों का हॉस्टल उसके बेहद क़रीब था।

दूसरी वजह : हम लड़के हफ़्ते -भर कपड़े , जूते , बिस्तर की चादरें आदि साफ़ नहीं करते थे,जिसके चलते

हफ़्ते की पूरी सफ़ाई रविवार को ही करनी पड़ती थी , न चाहते हुए भी ।

तीसरी वजह यह कि हम साफ़-सफ़ाई के बाद बचे हुए समय का अधिकतम इस्तेमाल खेलकूद में करना चाहते थे।

चौथी वजह कुछ अलग थी ; हम लोग रविवार का विशेष भोजन इस तरह और इतनी मात्रा में ऐसे खा लेते थे मानो यह विशेष भोजन बनाने का अंतिम रविवार हो ; जिसकी वजह से भोजन के बाद बहुत गहरी नींद आती थी , जिसके चलते भी हमें टीवी से दूर रहना पड़ता था या यूं कहें कि टीवी देखने की शक्ति शेष नहीं रहती थी।

मगर यह टीवी कम देखने का शूल रविवार के रात के भोजन के पश्चात् चुभना शुरू होता था , जो अगले शनिवार की रात तक पीड़ा देता था । और इसी वजह से टीवी देखने की कमी को पूरी करने के लिए हम लोग हॉस्टल से स्कूल और स्कूल से हॉस्टल की जो यात्रा होती , उसी से कुछ भी मनोरंजक चीज़ें ढूंढकर लाने की पूरी कोशिश करते थे ।

हमारे हॉस्टल स्कूल बिल्डिंग से दूर थे और खाने की मेस स्कूल की बिल्डिंग में थी।

हम लोग भोजन के पश्चात् हॉस्टल जाते और पुन: साढ़े तीन से साढ़े चार को सेल्फ़- स्टडी के लिए स्कूल आना पड़ता।

सेल्फ़- स्टडी के लिए अपनी अपनी कक्षा में ही बैठना होता था। सेल्फ़- स्टडी के लिए पहुँचने के दौरान हुई किसी देरी के लिए हमें स्कूल के सामने मौजूद साप्ताहिक बाज़ार की असमतल, मगर ख़ाली, ज़मीन पर दौड़ लगानी होती थी ; और यह दौड़ हमें लगानी पड़ती थी तपती धूप में। पाँच मिनट देरी की क़ीमत एक पूरा चक्कर, दस मिनट की देरी ,की क़ीमत दो चक्कर तथा पंद्रह मिनट के देरी की क़ीमत तीन चक्कर से चुकानी पड़ती थी।

सभी विद्यार्थी समय से पहुंचे कि नहीं , यह देखने की ज़िम्मेदारी हमारे पीटी- सर की होती थी, क्योंकि अनुशासन के नाम पर शिक्षा देने की उनकी विशेष क़ाबिलियत उनको औरों से जुदा करती थी। साथ ही बच्चों को विशेष ढंग से डांटना तथा बच्चों को गधे की जगह 'गद्धा' कहना भी उनकी विशेषताओं में शुमार था।

सेल्फ़- स्टडी के लिए हम लोग तक़रीबन तीन बजे के आसपास प्रस्थान करते थे ताकि साढ़े तीन बजे तक मंज़िल को छू सकें।

सभी विद्यार्थी सेल्फ़- स्टडी के लिए निकल चुके थे।

मोहन ,नीलकंठ, सुधीर तथा मैं थोड़ा पीछे से चल रहे थे।

मोहन के पास एच एम टी कंपनी की घड़ी थी जिसकी गति से हमारी गति निर्धारित होती थी। और वैसे भी हमारे बीच बस मोहन के पास ही घड़ी थी जिसे वह इतराते हुए

हम सबको दिखाता रहता था और हम पर रोब भी झाड़ता था , जिसकी वजह से वह घड़ी कभी-कभार हमारी कुंठा की वजह भी बनती थी।

मगर कभी - कभार अपने मन की इच्छा के कारण हम लोग मोहन से घडी मांग भी लेते थे --कर्ज़ के तौर पर --- जिसके एवज़ में हमें उसे पारले के क्रैकजैक बिस्किट देने पड़ते थे , या फिर सुपर कमांडर ध्रुव की कॉमिक्स , ब्याज के तौर पर।

अमूमन सुधीर ही जल्दी चलने का आवाहन करता । मगर मोहन की ब्रांडेड घड़ी के हिसाब से अभी भी काफ़ी वक़्त शेष था।

नीलकंठ सोचता था कि इंसान को इतनी अधिक पढ़ाई की ज़रूरत नहीं हैं ; बल्कि उसे विश्वास था कि पढ़ाई के लिए बल्ब और पंखे के माध्यम से बिजली की फ़ालतू खपत होती है जिसे ऊर्जा- संवर्धन के नियमानुसार किसी और अच्छे काम में लगाया जा सकता है ।

मेरा तो एक ही फंडा था : दोस्तों के साथ रहो , उन्हीं के हिसाब से । अपनी दिमाग़ी शक्ति को व्यर्थ में ज़ाया नहीं करना ।

हम लोग हॉस्टल से निकले और चौराहे तक पहुंचे।

वहां बगल में मजमा लगा हुआ था। करीब 50 लोग एक बड़ा - सा गोला बनाकर खड़े थे। वहां से ज़ोर-ज़ोर से आवाज़ आ रही थी, हल्ला मचा हुआ था।

भीड़ देखकर हम लोग उसी भीड़ में घुस गए , क्योंकि सुधीर अक्सर कहा करता था कि हम लोगों को टीवी कम देखने को मिलता है, इसीलिए रास्ते में जो भी मनोरंजक लगे वह देख लेना चाहिए।

मोहन की घड़ी के हिसाब से अभी भी काफ़ी वक़्त था, 3:30 बजने में।

वहां , दरअसल, मुर्ग़ों की लड़ाई चल रही थी। माहौल युद्ध का था।

लोग दो ख़ेमे में बंटे हुए थे और वैसे ही बैठे भी हुए थे ।

दोनों ओर लगभग सारे चेहरों पर तनाव- भरा उन्माद नज़र आ रहा था। लकड़ियों से घेरकर एक अखाड़ा बनाया हुआ था।

दोनों मुर्ग़े बड़े डील- डौल वाले थे। दोनों को तुर्रेदार मुकुट और दोनों के पैरों पर तेज धार वाला चाकू बंधा हुआ था ,जो चमक भी रहा था।

हम लोग भय- मिश्रित उत्सुकता से मुर्गों की लड़ाई देखने लगे ।

जीवन में पहली बार ऐसा नज़ारा था मेरे , मोहन और सुधीर के सामने। मगर नीलकंठ यह सब पहले देख चुका था; इसीलिए वह हमें समझा रहा था , "भयंकर युद्ध होगा जैसे महाभारत में भीम और दुर्योधन का हुआ था। "

उनका युद्ध देखने की उस भय- मिश्रित उत्सुकता में हमारा समय अपनी गति में ही आगे बढ़ रहा था। मगर हमारा ध्यान मोहन की घड़ी के हिसाब से चल रहा था।

दोनों मुर्ग़े महारथियों की भांति उछल उछल कर एक दूसरे पर प्रहार कर रहे थे। उनकी आंखों में गुस्सा और क्रूरता तैर रही थी ,जिससे हम भी डर गए थे।

उनका युद्ध चल ही रहा था, कोई हार मानने को तैयार ही नहीं था। लग रहा था कि युद्ध- समाप्ति की घोषणा इतनी जल्दी नहीं होगी।

सुधीर को बीच-बीच में पीटी -सर की याद आ रही थी। मगर मोहन की घड़ी बता रही थी कि अभी और समय शेष है।

मगर सुधीर को अब मोहन की घड़ी पर ऐतबार नहीं हो रहा था।

इसीलिए उसने बगल में मुर्ग़ा- युद्ध देख रहे एक वयस्क इंसान से पूछा , " काका! कितना समय हुआ ?"

काका बोला, "3:30 (साढ़े तीन) बज गए। "

फिर उसने सुधीर को ऊपर से नीचे तक देखा और फिर हमें भी और पुनः बोल पड़ा," तुम तो नवोदय वाले बच्चे हो न ?"

शायद शर्ट के ऊपर लगा हुआ फ़ीता देखकर वह बोला होगा।

एकाएक हम सबको अपनी और अपने स्कूल की गरिमा याद आ गई; और साथ में पीटी- सर का चेहरा और बड़ी बड़ी आंखें भी नज़र आने लगीं।

मन ही मन हम कभी ख़ुद को बाज़ार के चक्कर लगाते हुए देख रहे थे , तो कभी मुर्ग़ा बनकर 'कुकड़ू कूं कुकड़ू कूं' करते हुए ,तो कभी मेंढक की तरह उड़ते हुए देख रहे थे ; शायद डर के मारे ...

अब हम लोग अपनी पूरी गति से दौड़ रहे थे स्कूल की ओर , जिसमें पढ़ाई की फ़िक्र कम और देरी से कक्षा में पहुंचने के लिए सज़ा से बचने की फ़िक्र ज़्यादा थी।

मोहन अब भी अपनी घड़ी को तक रहा था, बिना पलक झपकाए ; और घड़ी भी मोहन को ताक रही थी बिना सुई को हिलाए। और हम तीनों मोहन को ताक रहे थे , मगर गुस्से से भरी आँखों से। हमारे मुंह से फूल झड़ रहे थे

मोहन के लिए और मोहन की एच एमटी घड़ी के लिए जो अब बंद पड़ चुकी थी।

वह घड़ी आ गई जब हम लोग पीटी -सर के समक्ष सिर झुकाए खड़े थे और उनके चेहरे पर मुस्कान झलक रही थी ; क्योंकि आज शिकारी के जाल में शिकार ख़ुद ही आ गया था ।

हम लोगों को हाथ सिर पर रखकर दौड़ते हुए बाज़ार के तीन चक्कर मारने की सज़ा मिली थी , जो हमारे हिसाब से वरदान जैसी ही थी , क्योंकि तीन चक्कर मारते-मारते हमारे सेल्फ़- स्टडी का आधा समय गुज़र जाने वाला था ,और दौड़ते दौड़ते हम लोग मोहन की धज्जियां उड़ा सकते थे , और उसकी घड़ी की भी ।

दौड़ते वक़्त हम लोगों की एक रणनीति थी , जिसके तहत हम लोग पीटी -सर के सामने दु:खी और लटका हुआ चेहरा लेकर दौड़ते और जब उनसे दूर जाते तब मोहन की धज्जियां उड़ाते , हँसते-हँसते ।

दो चक्कर पूर्ण हो गए थे। मोहन ने माफ़ी भी मांगी थी और हमने माफ़ भी कर दिया था उसे ।

हम लोग दौड़ दौड़ कर थक चुके थे, फिर भी तीसरा चक्कर हंसते-हंसते पूरा कर रहे थे क्योंकि यह अंतिम चक्कर था और खेल का पीरियड नज़दीक आ रहा था।

तीसरा चक्कर चल ही रहा था। हम लोग सिर पर हाथ रख कर भाग रहे थे ,आपस में बतियाते हुए ज़ोरों से खिलखिलाते हुए , कि एकाएक हम सबकी ज़िंदगी बदल गई।

हंसते हुए चेहरे एकाएक उतर गए। पलके झुक गईं और धड़कने ज़ोरों से दिल में उफ़ान मारने लगीं।

मेरी हालत कुछ ज़्यादा ही ख़राब हो गई थी, क्योंकि सामने से दो जानी पहचानी ,मगर बड़ी बड़ी, आंखें मुझे घूर रही थीं ; मगर यह आंखें न पीटी -सर की थीं और न ही किसी और शिक्षक की। वह घूरती हुई आंखें , जो गुस्से से लाल-लाल भी हो चुकी थीं , और हमसे दूर होते हुए तेज़ क़दमों से ऑफ़िस पहुंची थीं।

तीसरा चक्कर ख़त्म हो चुका था।

हम थक चुके थे, पसीने से तर हो चुके थे ,और अब धड़कनें भी तेज़ थीं और ' खेल का समय जल्द आने वाला है ' यह ख़ुशी भी क़ाफ़ूर हो चुकी थी। तीसरा चक्कर समाप्त हो चुका था, हम लोग कक्षा में लौट गए थे।

किताब सामने खुली हुई थी। मगर मेरी खुली हुई आंखें उसे पढ़ नहीं पा रही थीं। अनचाहा , अंजाना-सा डर लगातार दस्तक दे रहा था, दिल की दीवारों पर' धड़ धड़ ' की ध्वनि के साथ।

थोड़ी ही देर में प्रधानाचार्य सर के ऑफ़िस से बुलावा आया।

मैं डरते हुए क़दमों के साथ धीमे-धीमे बढ़ते हुए वहां पहुंचा।

प्रधानाचार्य जी के सामने वही शख़्स बैठे हुए थे, जिनसे हमारी आंखें टकराई थीं ।

वह प्रधानाचार्य जी के ऊपर दोषारोपण कर रहे थे कि उनके स्कूल के बच्चे ग़लती तो करते हैं , और ग़लती करने से जो शिक्षा मिलती है, उसका भी मज़ाक़ उड़ाते हैं।

वह सर से कह रहे थे ," शायद आप लोग अनुशासन के मामले में कमज़ोर हैं। "

प्रधानाचार्य जी को उनकी बातें चुभ रही थीं । उन्होंने मुझसे कहा कि "नवोदय के बच्चों से हमारी ऐसी अपेक्षा ही नहीं है। "

प्रधानाचार्य जी ने उनसे पूछा," आप क्या चाहते हैं?"

वे बोल पड़े,"यदि आप सज़ा देकर इनको सुधार नहीं सकते तो वैसी सजा भी मत दीजिए, क्योंकि ऐसा होने से इन बच्चों के मन से शिक्षक के प्रति आदर - भाव समाप्त हो जाएगा।"

मैं डर से कांपने लगा।

तभी वे पुनः बोल पड़े (मेरी और देखकर), " इसे आप पुनः सज़ा दीजिए या फिर कभी किसी को सज़ा मत दीजिए। "

प्रधानाचार्य जी मेरी आंखों में गहराई से झांक रहे थे । उनकी आँख़ें -- पता नहीं , मगर --- कुछ कहने का प्रयास कर रही थीं ; पर शायद उन्हें शब्द नहीं मिल पा रहे थे।

प्रधानाचार्य जी उठे, दोनों हाथों से मेरे कंधों को ज़ोरों से पकड़ा और मेरी आंखों में झांकते हुए बोले, "तुम्हारे पिताजी ठीक ही कह रहे हैं। "

और वे एकदम शांत हो गए।

हम लोग पुनः मैदान में दौड़ रहे थे -सिर पर हाथ रखकर ,और मैं मोहन की घड़ी को गालियां दे रहा था और मेरे तीनों दोस्त मुझे गुस्से से निहार है रहे थे।

सज़ा काटते काटते खेल का आधा समय समाप्त हो चुका था और हम पुनः प्रधानाचार्य जी के दफ़्तर में हाज़िर हुए यह क़सम खाने के लिए कि हम आइंदा ऐसी गुस्ताख़ी नहीं करेंगे ...

11- गणपति - उत्सव

महाराष्ट्र में गणपति - उत्सव मुख्य त्योहारों में से एक था जो पूरे 10 दिनों तक मनाया जाता था।

नवोदय में भी इसे बड़े धूमधाम से मनाया जाता है।

गणपति -उत्सव की विशेषता यह थी कि इसकी तैयारी पूरी तरह हम लोग, यानी कि स्कूल के विद्यार्थी , ही किया करते थे ; जैसे: मिट्टी खोद कर लाना, फिर मिट्टी को मूर्ति के लिए तैयार करना और फिर मूर्ति बनाना, रंगना और फिर पूरा पंडाल सजाना , आदि ।

पुष्कर,राज और नीलकंठ इस में अग्रणी थे । साथ ही , कुछ जूनियर बच्चे भी इस उपक्रम में जी-जान से जुटे रहते थे ; और हम लोग ,जो क्रिएटिव नहीं थे, वह इन सब क्रिएटिव बच्चों की सेवा में लगे रहते थे।

हर साल की तरह इस साल भी गणपति की मूर्ति की स्थापना मेस के सामने की गई थी, जहां हमारे स्कूल का क्राउन - टीवी रखा रहता था।

एक ख़ूबसूरत पंडाल, रंग बिरंगी झालरें, रोशनी की व्यवस्था और एक म्युज़िक - सिस्टम।

गणपति के उपलक्ष में सांस्कृतिक कार्यक्रम भी होते थे।

आज अंतर - सदन (अंतर- हाउस) नृत्य- स्पर्धा हो रही थी।

हमारे बैच के बच्चे भी कुछ सांस्कृतिक कार्यक्रम करने वाले थे,मगर इन सभी के बीच मुख्य आकर्षण था 'अशोक का डांस' ।

अशोक ने जैकी श्रॉफ और माधुरी दीक्षित वाली 'हंड्रेड डेज़' मूवी में से एक डिस्को डांस तैयार किया था और वह डांस उसने इस तरह से ,और इतनी ख़ूबसूरती से , किया कि उसने पूरा स्टेज अपने सिर पर उठा लिया था।

सारे दर्शक अशोक के साथ नाच रहे थे ; और उस डांस वाले गाने के बोल थे 'गब्बर सिंह क्या कह गया, जो डर गया वह मर गया' ।

किसी भी सांस्कृतिक कार्यक्रम में यह अशोक की पहली ही भागीदारी थी। इस डांस के पहले वह अक्सर रूम नंबर एक में रामायण में रावण या कुंभकरण और महाभारत में भीम का किरदार ही निभाया करता था और हम लोग उसे

हमेशा मोटिवेट करते कि 'भाई स्टेज पर आग लगा देगा'। और उसने आग लगा भी दी थी।

अशोक के डांस के चलते जूनियर बच्चे उसके फ़ैन बन चुके थे।

कार्यक्रम समाप्त होने के पहले ही उन सभी ने अशोक को घेर लिया था और उन बच्चों को अशोक के चलते 'हंड्रेड डेज़ ' मूवी में से एक्टर और डांसर जावेद जाफरी और उस फ़िल्म के बारे में उत्सुकता जागृत हो चुकी थी।

उसके बाद वे बच्चे हमेशा जावेद जाफरी और गब्बर सिंह वाले डांस के बारे में ही बातें करते रहते थे।मोहित अच्छा चित्रकार भी था जो नोटबुक में मूवी के पोस्टर बनाता था, जो नागपुर के अलंकार टॉकीज के फ़िल्म के इश्तहार की नक़ल हुआ करते थे, जो, प्राय हर दिन ,' नवभारत' पेपर में छपा करते थे।

स्केच इतने सुंदर हुआ करते थे कि दूसरे जूनियर बच्चे मोहित से स्केच बनवाने की कोशिश करते। इन स्केच के चक्कर में "हंड्रेड डेज़" मूवी के बारे में सभी में उत्सुकता जगाने लगी थी और मोहित की उत्सुकता भी बढ़ने लगी थी।

हमारे स्कूल की इमारत के बगल में एक टॉकीज़ था। वहां शाम को 'गब्बर सिंह क्या कह गया' गाना बज रहा था और

जूनियर बच्चों के साथ हमारी भी फ़िल्म देखने की आरज़ू उफ़ान मार रही थी।

कुछ बच्चे पी टी- सर को, तो कुछ बच्चे हाउस- वार्डन को, तो कुछ सीधे प्रधानाचार्य जी को, दरख़ास्त दे चुके थे कि 'सर हमें हंड्रेड डेज़' मूवी देखनी है ।'

मगर किसी की दाल कहीं भी नहीं गली थी ।

शाम को जब हम लोग अपने-अपने हाउस पहुंचते तब इसी फ़िल्म की चर्चा ज़ोरों -शोरों से चलती रहती।

हमारे बगल के कमरे में धनंजय, राज और निलकंठ का कमरा था।

धनंजय पढ़ाकू था तथा राज और निलकंठ ख़ुराफ़ाती थे।

उनके साथ कुछ जूनियर बच्चे, जैसे रोहित , मोहित वग़ैरह , भी साथ में रहते थे ।

यह वे लोग थे जो अशोक के डांस के पश्चात उसके फ़ैन-क्लब के मेंबर बन चुके थे और साथ ही फ़िल्म देखने के लिए इतने लालायित थे कि वे अपनी अर्ज़ी सीधे प्रधानाचार्य जी के पास भी लगा चुके थे ; जिसे सिरे से नकार दिया गया था।

वे दोनों देर रात तक अशोक, जावेद जाफरी और 'हंड्रेड डेज़' की ही बातें करते रहते थे ,जिसके चलते उनको सोने में देरी होती थी और वे अगले दिन सुबह फ़िज़िकल - एजुकेशन की कक्षा ,या शारीरिक क्षमता बढ़ाने की गतिविधि, में देर से पहुंचे थे। और फिर वे मुर्ग़ा बन 'कुकड़ू कूं कुकड़ू कूं 'करते रहते थे।

स्कूल के नियम के अनुसार सीनियर बच्चों का जूनियर बच्चों को समझाना,जल्द तैयार होने में मदद करना तथा सही सलामत हॉस्टल से स्कूल पहुंचाना , उनकी ज़िम्मेदारियों में शामिल हुआ करता था ; और इन ज़िम्मेदारियों में कोई कोताही बरतने पर आप सज़ा के पात्र भी बन सकते थे।

इसी के चलते हर दिन शाम को धनंजय, राज और निलकंठ के साथ मोहित और रोहित की यह चर्चा चलती रहती थी कि सुबह कक्षा में जल्दी कैसे पहुंचा जाए ताकि मुर्ग़ा बनने से बचा जा सके।

इस चर्चा से यह निष्कर्ष निकला कि जूनियर बच्चे पीटी की ड्रेस, जुराबें और जूते पहनने में जो देरी करते हैं ,उसी के चलते वह मुर्ग़ा बन रहे हैं।

इसीलिए जूनियर बच्चों ने यह निर्णय लिया कि वे पीटी की ड्रेस और जुराबें रात में ही पहन कर सोएंगे और सुबह

सीधे जूते पहन कर मैदान पर पहुंचेंगे। इसके चलते सुबह उनकी 15 से 20 मिनट की बचत होगी जिसका इस्तेमाल वह अतिरिक्त सोने के लिए कर सकते हैं।

लेकिन जूनियर बच्चों का रात में पीटी ड्रेस पहन कर सोना सीनियर बच्चों को पसंद नहीं था, मगर जूनियर बच्चों ने सुनने से मना कर दिया था।

उस समय महाराष्ट्र के सार्वजनिक गणेशोत्सव की ख़ासियत यह होती थी कि पंडाल के आसपास एक बड़े पर्दे पर अक्सर नई फिल्में या फिर पुराने ज़माने की ब्लॉकबस्टर फिल्में चलाई जाती थींऔ।

कुछ बच्चे चोरी-छिपे फ़िल्में देखने जा रहे हैं , यह ख़बर किसी ख़बरी ने प्रधानाचार्य जी के समक्ष पहुंचाई थी। इसीलिए सभी हाउस- वार्डनों को हिदायत दी थी कि वह बच्चों पर कड़ी निगरानी रखें । मगर बच्चे इस अतिरिक्त निगरानी से वाक़िफ़ नहीं थे।

गणेशोत्सव के और पांच दिन शेष थे , मगर अशोक के डिस्को- डांस का जादू बच्चों के दिमाग़ पर अब भी बरक़रार था ,जिसमें 'हंड्रेड डेज' फ़िल्म का रहस्यमय अंत अतिरिक्त तड़का लगा रहा था।

बच्चे अब डांस के अलावा फ़िल्म का रहस्यमय अंत देखने के लिए बेताब थे।

इधर धनंजय और नीलकंठ, जूनियर बच्चों -मोहित और रोहित-- को समझा-समझा कर थक चुके थे कि नायलॉन की जुराबे आंखें कमजोर करती हैं , इसे पहनकर न सोएं। मगर सोने के लिए मिलने वाला अतिरिक्त समय और देरी के चलते मुर्ग़ा बनने से बचने की चाहत उन्हें किसी बात को सुनने और मानने नहीं दे रही थी।

इसी के चलते धीरे-धीरे वह कमरा दो गुटों में तब्दील हो गया था और जूनियर बच्चों की ज़िद के सामने सीनियर कमजोर पड़ते नज़र आ रहे थे, जो उनके अहंकारों को ठेस पहुंचा रहा था। यह बात राज और नीलकंठ को कुछ ज़्यादा चुभ रही थी।

रात में जूनियर बच्चे अक्सर जल्दी सो जाते और सीनियर देर रात तक पढ़ा करते थे।

अगली सुबह सभी को उठाकर पीटी के लिए पहुंचाना, यह भी बड़े भाइयों , यानी कि सीनियर बच्चों, की महत्वपूर्ण ज़िम्मेदारी थी , जिसमें कोताही बरतने की कोई गुंजाइश नहीं थी।

मगर आज की तारीख़ में छोटे भाई लोग, बड़े भाइयों की बातें नहीं सुन रहे थे।

ठंड का मौसम था।

सुबह पीटी के लिए अंधेरे में ही निकलना पड़ता था।

कल कुछ बच्चे गणेशोत्सव में फ़िल्म देखते हुए पकड़े गए थे । इसी वजह से प्रधानाचार्य जी ने सख़्ती और निगरानी और बढ़ाई थी ; और वे स्वयं भी रात के ग्यारह बजे तक मुस्तैद रहते थे।

स्कूल से लेकर दूर वाला गुप्ता हाउस , जो कि क़रीब 2.5 किलोमीटर की दूरी पर था, -- इन दोनों के बीच क़रीब 3 पंडाल थे , जहां हर दिन कोई न कोई फ़िल्म चलती रहती थी।

आज , गुप्ता हाउस के बगल के पंडाल में घोषणा हुई थी ,

"आज की शाम हंड्रेड डेज के नाम।"

मगर यह घोषणा बच्चों को दु:खी कर रही थी ; तथा शिक्षक -वर्ग की चिंता बढ़ा रही थी कि कहीं सारे ही बच्चे फ़िल्म देखने न भाग जाएं ।

बच्चे इसलिए भी दु:खी थे कि बगल में उनकी मनपसंद फ़िल्म चलेगी और वह देख भी नहीं पाएंगे।

इधर राज और नीलकंठ की अलग ही परेशानी चल रही थी; और वह यूं कि जूनियर देरी से पहुंचते हैं पीटी के लिए, तो भी शिक्षक उन दोनों को ही ज़िम्मेदार ठहरा रहे थे और उधर जूनियर बच्चे उनकी बातें भी नहीं सुन रहे थे।

रात के ग्यारह बज रहे थे । सारे जूनियर बच्चे पीटी की ड्रेस --सफेद टी-शर्ट ,पैंट, स्वेटर और सफेद जुराबें- पहनकर सो रहे थे ।

कमरे की घड़ी एकाएक साढ़े पांच का समय दिखा रही थी । और यह समय तो पीटी जाने का होता है !

आज तो नीलकंठ और राज भी पीटी की ड्रेस पहने हुए थे और बिस्तर पर पैर लटका कर जूते पहनते पहनते चिल्ला उठे थे , "अबे! उठो , उठो , जल्दी उठो, पीटी का समय हो गया है।"

नीलकंठ ज़ोर से बोल पड़ा , "जल्दी करो वरना पीटी -सर आज फिर मुर्ग़ा बनाएंगे । "

और राज सबके चेहरे पर पानी के छींटे मार रहा था।

"उठो, उठो , वरना पीटी सर मुर्ग़ा बनाएंगे" की घोषणा हो रही थी।

मोहित और अन्य बच्चे हड़बड़ी में उठे, जूते पहनने के लिए। और कुछ देर बाद सभी बच्चे जूते पहनकर गुप्ता हाउस की इमारत से नीचे आए , पीटी के लिए जाने के वास्ते।

तभी नीलकंठ ने कहा कि उसकी नई घड़ी ऊपर छूट गई है; और राज ने कहा "आप लोग बढ़ो , हम लोग घड़ी ले आते हैं। "

दोनों ने पुनः जूनियर बच्चों को इशारा करते हुए कहा "आप लोग आगे बढ़ो। "

सारे बच्चे मुर्ग़ा बनने से बचने की होड़ में तेज़ी से दौड़ने लगे , बिना सोचे , बिना समय गवाएं , बिना किसी परवाह के।

उसी समय बगल के 'कुथे हाउस' की इमारत पर प्रधानाचार्य जी भोजन के पश्चात् घूम रहे थे , कि उन्हें नवोदय के बच्चे दौड़ते हुए नज़र आए।

देखते ही उनके ख़यालों में अलग अलग अंदेशे होने लगे -

- बच्चे कहीं फ़िल्म देखने तो नहीं जा रहे हैं ?

तुरंत ही उन्होंने "कुथे हाउस " के कुछ सीनियर बच्चों को और वार्डन को उनके पीछे दौड़ाया।

जूनियर बच्चे छोटे-छोटे क़दमों से भाग रहे थे, पूरी शक्ति के साथ। उनके पीछे सीनियर और वार्डन भी दौड़ रहे थे, लंबी टांगों और जूनियर – बच्चों को जल्दी से थामने की

इच्छा- शक्ति के साथ। थोड़ी देर आगे दौड़ने के बाद मोहित और रोहित के कानों में "गब्बर सिंह क्या कह गया जो डर गया वह मर गया" की धुन सुनाई पड़ने लगी और उनके क़दम थमने लगे।

मगर पीछे कुछ सीनियर बच्चों और 'कुथे हाउस ' के वार्डन को देखकर वे पुनः तेज़ी से भागने लगे।

रात का सन्नाटा नवोदय के बच्चों की जूतों और सांसों की आवाज़ों और गब्बर सिंह वाले गाने की धुन से चिरा जा रहा था।

जूनियर बच्चे ,सीनियर बच्चे और ' कुथे हाउस' के वार्डन को देखकर पुनः ज़ोरों से भागने लगे थे और सीनियर बच्चे पीछे से उनको पुकार रहे थे ,जिससे जूनियर बच्चे डर रहे थे और फिर तेज़ी से भागने लगे ।

अब उनके कानों में "गब्बर सिंह क्या कह गया जो डर गया वह मर गया" की धुन ज़ोरों से सुनाई दे रही थी , ,मगर अब उनको उसका पहले जैसा मज़ा नहीं आ रहा था। अब सामने उनको गणेश -पंडाल भी दिखाई देने लगा था।

उन सबकी आंखों से अश्रु -धारा बहने लगी थी; उन्हें यक़ीन हो गया था कि उनके साथ घात हुआ है , विश्वासघात ।

पंडाल के पास से सभी को पकड़कर गुप्ता हाउस लाया गया।

गुप्ता हाउस के वार्डन की पेशी हो रही थी कि वह घोड़े बेच कर सो रहे हैं और उनके हाउस के बच्चे स्कूल के कपड़ों में फ़िल्म देखने भाग गए हैं।

प्रधानाचार्य बच्चों पर बरस रहे थे कि पीटी की ड्रेस पहन

कर फ़िल्म देखने जा रहे हो ....और सभी को बेंत का प्रसाद मिल रहा था ।

बच्चे क़सम खा रहे थे और यक़ीन दिलाने की कोशिश कर रहे थे कि वे पीटी के लिए ही जा रहे थे । मगर कोई

यक़ीन नहीं कर रहा था। साथ ही , डांट पड़ रही थी कि

रात के ग्यारह बजे कौन- सी पीटी होती है ?

जूनियर बच्चों को उलहना दी जा रही थी कि वह फ़िल्म

देखने के लिए नयी-नयी युक्तियां बनाते हैं, पीटी- ड्रेस पहन के जाते हैं, ताकि शिक्षकों को लगे कि वह लोग ग़लती से पहुंचे हैं ।

रात्रि ग्यारह बजे के बाद, जूनियर बच्चे मुर्ग़ा बने हुए थे क्योंकि वे रात में फ़िल्म देखने गए थे।

साथ ही धनंजय ,राज और नीलकंठ भी 'कुकड़ूकूं ' कर रहे थे, क्योंकि उन्होंने सीनियर होकर भी अपनी ज़िम्मेदारी नहीं निभा रहे थे और सोते रहते थे ; और

जूनियर बच्चे उनकी नाक के नीचे फ़िल्म देखने भागते रहते हैं ।

मध्यरात्रि के आसपास बच्चे ' अपना समय ख़राब चल रहा है ...' सोचकर समय को कोस रहे थे । मगर दीवार पर टंगी घड़ी रात के 11:30 की घोषणा कर रही थी।

12. राजू भैय्या की रेस

हम लोग कक्षा नवम् में पढ़ रहे थे।

हर साल की तरह इस साल भी अंतर - नवोदय खेल प्रतियोगिता आयोजित होने वाली थी।

खुशी की बात यह भी थी कि यह प्रतियोगिता हमारे स्कूल में आयोजित होनेवाली थी। हम लोग पहलीबार यजमान की भूमिका निभाने जा रहे थे । इसी के चलते हम सब काफ़ी उत्साहित और लालायित थे , इस प्रतियोगिता के लिए।

कबड्डी, खो-खो, फुटबाल की टीमें बन चुकी थीं और दौड़-संबंधी खिलाडियों का चयन होना बाक़ीथा।

इसी बीच स्कूल में नए बैच का आगमन होनेवाला था।

परंपरा के अनुसार हॉस्टल में पदापर्ण करनेवाले हर बैच का स्वागत धूमधाम से होता था। इन कार्यों की ज़िम्मेदारी खेल में सक्रिय और उँचाई में लंबे विद्यार्थियों की सौंपी जाती थी।

इस साल यह ज़िम्मेदारी विनोद, सोमा, मुनेंद्र और राजू को दी गई थी जो अपनी क़द-काठी और ऊंचाई के साथ खेल में सक्रिय रहते थे।

मगर इन चारों में राजू ही अकेला था जो खेल के अलावा और बातों में भी सक्रिय था , और मिलनसार भी था । और इसी वजह से सभी नए-नवेले विद्यार्थी उसे पसंद करने लगे थे। नए विद्यार्थियों के आते ही राजू ने चेस (शतरंज)की ट्राफ़ी अपने नाम कर ली थी ; और इसके चलते वह छठी कक्षा के बच्चों को हीरो बन चुका था। और उन छोटे बच्चों को यक़ीन हो चला था कि राजू भैय्या सभी प्रतियोगिताएं जीतने का दमख़म रखते हैं ; और उन बच्चों यही विश्वास राजू का उत्साह और जज़्बा बढ़ाता था।

राजू पढ़ाई के बाद अपना अधिकतर समय उन्हीं बच्चों में व्यतीत करने लगा था। छोटे बच्चों के प्यार और समर्थन के चलते, उसने कक्षा सातवीं और आठवीं के बच्चों पर अतिरिक्त रौब जमाना शुरू कर दिया था और कभी कभी अपनी कक्षा के बच्चों पर भी , वह भी छोटे बच्चों के सामने । इस अतिरिक्त रौब दिखाने की आदत से बाक़ी सीनियर बच्चे राजू भैय्या से नाख़ुश रहने लगे थे।

आलम यह था कि छठी कक्षा के सभी बच्चे राजू भैया के इर्द-गिर्द ही मंडराते रहते थे , कुछ प्यार की वजह से , तो कुछ डर की वजह से।

दौड़ - प्रतियोगिता की तैयारी शुरू हो चुकी थी । सातवी. आठवीं. और नवम् कक्षाओं के क़ाबिल और मज़बूत क़द-काठी के बच्चों के नाम दर्ज कराए गए थे।

सर्वप्रथम १५०० मीटर रेस के लिए चयन प्रक्रिया शुरू होनी थी।

पीटी - सर ,जो खेलकूद के सभी क्रियाकलापों में डटे रहते थे , प्रिंसिपल सर को सोमा और मुनेंद्र की जीतने की संभावनाओं के बारे में बता रहे थे , क्योंकि उन्होंने उस वर्ष की विभिन्न प्रतियोगिताओ -- कबड्डी और खोखो जैसे खेलों -- में बाज़ी मारी थी।

उन दिनों डी डी - नेशनल पर हर रविवार को "फास्टर फेणे" नामक एक लोकप्रिय सिरियल प्रसारित हुआ करता था, जिसका नायक अपनी लंबी टांगों के लिए मशहुर था।

राजू की लंबी टांगों के चलते छठी कक्षा के बच्चे उसे प्यार से फास्टर फेणे भी कहते थे।

कुछ समय के पश्चात् प्रतियोगिता शुरू होने जा रही थी ; लगभग आधे घंटे का समय शेष था।

हमारे प्रधानाचार्य जी आज के मुख्य अतिथि थे। वह कुछ समय के पश्चात वहां पहुंचने वाले थे।

सभी प्रतियोगी पहुंच चुके थे। सभी का अपना एक प्रशंसक- वर्ग भी था। सोमा, मुनेंद्र और विनोद अपने प्रशंसक- वर्ग के साथ खड़े , हल्का- फुल्का वार्मअप भी कर रहे थे; और उनके समर्थक अपने पसंदीदा खिलाड़ियों के समर्थन में नारेबाज़ी भी कर रहे थे। मगर सबसे अधिक जलवा बच्चों के प्यारे राजू भैया बिखेर रहे थे।

राजू ने सिर पर एक रिबन बांधा हुआ था, जो उस समय के विश्वविख्यात टेनिस खिलाड़ी जॉन मेकेनरो तथा श्रीलंका के एक प्रसिद्ध क्रिकेट खिलाड़ी रूमेश रत्नायके से मेल खा रहा था।

बच्चे खुसर - फुसर कर रहे थे कि राजू भैय्या ने कपिलदेव वाले ‘ एक्शन’ के जूते पहने हैं , इसीलिए भैय्या जी ही जीतेंगे।

एक बच्चा छोटा टॉवेल लेकर खड़ा था जो वार्मअप के दौरान राजू भैय्या को वह देता रहता था। एक बच्चे ने पानी की बोतल थाम रखी थी , जो एक विशेष अंतराल पर राजू भैय्या की ओर बढ़ा देता था। बीच बीच में राजू भैया, बार बार अपनी घड़ी की ओर देखता ---- शायद मुख्य - अतिथि की ओर से होनेवाली देरी उसे खल रही थी।

इसी बीच एक बच्चा राजू भैय्या के कान में धीमे से बोल पड़ा, " भैय्या ! सोमा भैय्या और मुनेंद्र भैय्या ... देखो .... वहां पर वार्मअप कर रहे हैं।"

अब तक दो बच्चों के कंधों पर बोझ देकर खड़ा हुआ राजू उसकी बात सुनकर, पानी का एक सिप लेकर ,वार्मअप में जुट गया। वह मुनेंद्र और सोमा की देखते हुए, ज़ोर ज़ोर से रस्सी कूदने लगा।

इसी बीच उपप्रधानाचार्य जी ने घोषणा कि अगले २० मिनट में प्रधानाचार्य जी वहां पहुंच जाएंगे।

यह सुनकर सभी प्रतियोगी शांत होकर बैठ गए ; मगर राजू भैय्या ने अपने एक चेले को बुलाया , उससे टॉवेल लेकर अपना पसीना पोंछा , फिर पानी के दो सिप लेकर, लगभग आधी बोतल अपने चेहरे पर उड़ेल ली।

हाउस- वार्डन राजू को बड़े आश्चर्य से देख रहे थे ; और फिर उन्होंने राजू को शांत रहने की नसीहतें दीं । मगर राजू भैय्या अपनी योजना में व्यस्त थे।

राजू फिर इधर -उधर झांकने लगा , और एकाएक उसने अपनी घड़ी उतारी और उसे छठी कक्षा के एक बच्चे को देकर बोला ," समय देखो .... मैं एक चक्कर दौड़कर आता हूँ।"

करीब १० मिनट बाद वह दौड़कर लौटा । वैसे ही तीनों चेले उत्साहित होते हुए दौड़कर उसके पास पहुँचे । एक ने टॉवेल दिया, .एक ने पानी ,और तीसरे ने घड़ी थमाई ।

राजू भी स्वयं को प्रोत्साहित करते हुए बोला ," आराम से हो जाएगा।"

तीनों बच्चे तालियों से उसका अभिनंदन कर रहे थे , और बाक़ी प्रतियोगी और उनसे प्रशंसक आश्चर्य से उनको देख रहे थे।

इसी बीच पी टी- सर ने घोषणा की ," मुख्य अतिथि पहुँच चुके हैं, ... सभी प्रतियोगी तैयार रहें । "

वालिंटियर बच्चे बस्ती में मौजूद रेखांकित ट्रैक के भिन्न भिन्न स्थानों पर पहुँच गए।

सभी प्रतियोगी तैय्यार हो गए । नियम के मुताबिक़ सभी बच्चों को एक साथ शुरू करना था तथा दूसरे खिलाड़ी से सिर्फ़ दाहिनी ओर आगे बढ़ने की नसीहत दी गई।

' आन योर मार्क - गेट सेट- गो ' के साथ दौड़ शुरू हो गई । प्रशंसक-वर्ग अपने-अपने नायकों का नाम लेकर उत्साहवर्धक शोर करने लगे , मुनेंद्र -सोमा-विनोद - राजू के नाम से तालियाँ पीटने लग गए। मगर सबसे बड़ा प्रशंसक -वर्ग था , बच्चों के प्यारे राजू भैय्या का ।

छोटे बच्चे " जीतेगा भई जीतेगा, राजू भैय्या जीतेगा" की हुंकार भर रहे थे।

दौड. शुरू होते ही मुनेंद्र ने धरती माँ को प्रणाम कर दौड आरंभ कर दिया । सोमा और विनोद ने आसमान की ओर देखकर और छाती को छूकर दौड़ शुरू कर दी। और राजू भैय्या प्रशंसकों की ओर देखकर ,हाथ हिलाते हुए और 'थम्स अप' का चिन्ह दिखाते हुए, दौड़ पड़ा।

अगले ही पल सब दाहिनी ओर से आगे बढ़ते हुए बस्ती की ओर मुड. गए और सबकी नज़रों से ओझल हो गए।

एकाएक सभी दर्शकों में सन्नाटा छा गया क्योंकि किसी को भी कुछ दिखाई नहीं दे रहा था और किसी के बारे कोई भी जानकारी नहीं मिल पा रही थी।

चार- पांच मिनट बाद ही पी टी- सर अपनी कलाई की घड़ी की ओर देखते हुए बोल पड़े कि बच्चों के आने का समय आ गया है।

एकाएक दर्शक दीर्घा में प्राणों का संचार हो गया ,उत्साह की लहर उमड़ आई।

मुनेंद्र-सोमा- विनोद के नाम की चर्चाएं शुरू हो गईं , मगर जयकारा तो बस राजू भैय्या के नाम का ही लग रहा था -- "जीतेगा भई जीतेगा , राजू भैय्या जीतेगा।" चारों ओर राजू

भैया के नाम का शोर मचा हुआ था । छठी कक्षा के बच्चे पूरी शक्ति से राजू भैय्या का जयघोष लगा रहे थे।

पी टी- सर भी राजू के प्रशंसक- वर्ग को देखकर चकित थे । शायद उन्हें भी राजू की क़ाबिलियत को पहचान न पाने का मलाल हो रहा था, जो उनके चेहरे पर स्पष्ट झलक रहा था।

छठी कक्षा के बच्चों के साथ बाक़ी बच्चे भी अब नए सितारे -- राजू भैय्या --की राह तकने लगे ।

उसी समय दो वालेंटियर् दौड़कर आगे आए । उनके साथ मुनेंद्र भी था । पसीने से लथपथ । ज़ोर ज़ोर से सांसे भरते हुए , तेज़ दौड़ते हुए मुनेंद्र ने सर्वप्रथम रिबन को छुआ : मुनेंद्र प्रथम स्थान पा चुका था।

राजू भैया के प्रथम न आने से छोटे बच्चों में ख़ासी निराशा छाई हुई थी। मगर बच्चे ख़ुद को पुनः उत्साहित करते हुए चिल्ला उठे ... "आएगा भई आएगा .... . अब राजू भैय्या आएगा "।

बच्चों के चेहरे पर पुनः निराशा छा गई, क्योंकि उधर से सोमा आया ।मगर उनकी आस अब भी बंधी हुई थी , कि अब राजू भैया तो पक्का तीसरे नंबर पर तो आएंगे ही ।

मगर फिर निराशा .... राजू भैय्या की जगह विनोद तीसरे नंबर पर पहुंच चुके थे।

अब बच्चों को उम्मीद थी कि राजू भैय्या प्रथम पांच में तो आ ही जाएंगे । मगर फिर घोर निराशा ! राजू अब भी नहीं पहुंचा था ।

चारों ओर प्रतिभागी खिलाड़ियों के समर्थक शोर मचा रहे थे और छठी कक्षा के छोटे बच्चों के दिलो-दिमाग़ पर एक दूसरा ही शोर दस्तक दे रहा था ।

राजूभैया के समर्थक अब भी उसका इंतजार कर ही रहे थे । इसी बीच पंद्रह से ज्यादा प्रतियोगी रेस पूरी कर चुके थे। मगर अब भी राजू भैय्या नज़र नहीं आ रहे थे।

छठी कक्षा के बच्चे घोर निराशा से पैर पटक रहे थे । थोड़ी देर में प्रतियोगी नंबर बाईस , तेईस और चौबीस भी पहुंच गए थे । मगर अब भी राजू भैय्या का कहीं अता - पता नहीं था।

बच्चों की आँखों से आंसू की धारांए बहने लगी थीं , और दूसरे खिलाड़ियों के समर्थक उसका मज़ा ले रहे थे।

थोडी देर बाद दो वालिटियर्स राजू को कंधे के बल उठाकर ले आए ....

हुआ यूं कि राजू थका - हारा - सा बैठ गया था । ज़्यादा वार्मअप के चलते उसके पैर जड़ हो गए थे और वह चल भी नहीं पा रहा था।

छठी कक्षा के उसके समर्थक बच्चे उसका टॉवेल और बोतल वहीं छोड़कर भाग गए, और नर्स- मैडम उसे ग्लुकोज़ का पानी पिला रही थीं ....।

13.खबरी

किसी भी संस्था को चलाने के लिए प्रबंधन के कुछ नियम होते हैं। कुछ लिखित नियम होते हैं, और कुछ अलिखित जिन पर बिना देखे -दिखाए अमल किया जाता है। जिस तरह शिवाजी महाराज अपने अस्त्रागार में बहिरजी नाईक को नियुक्त किया था , ताकि दुश्मनों की ख़ुफ़िया जानकारी प्राप्त की जा सके,अपनी प्रजा की समस्याओं को समझा जा सके और साथ ही दुश्मनों की चाल को मद्देनजर रखते हुए अपनी योजना बनाई जा सके ; जिस तरह हमारा देश भारत ख़ुफ़िया तंत्र के लिए रॉ को , इज़राइल मोसाद को, अमेरिका सी आई ए को तथा पाकिस्तान आई एस आई को व्यवस्थाओं में रखता है, ठीक उसी तरह हमारे स्कूल नवोदय में बच्चों की गतिविधियों पर, और साथ ही उनकी संतुष्टि और असंतुष्टि , तथा अनुशासन के बारे में पता रखने के लिए कुछ खबरी हुआ करते थे ; कुछ खबरी हम लोगों के बीच से ही होते थे और कई दफ़ा कुछ बाहरी भी ।

हम सभी की मानसिक और शारीरिक सेहत का रास्ता हमारे पेट के रास्ते से ही गुज़रता है । नवोदय के हॉस्टल में भी कुछ ऐसा ही था , क्योंकि यदि आप उपलब्ध समय - सीमा में, उपलब्ध भोजन- सामग्री का सदुपयोग नहीं

कर पाते, तो अगले कई घंटों तक भूख को दबाकर रहना पड़ता था।

प्रभाकर भाऊ, हमारे मेस के इंचार्ज थे और वह हमारे स्कूल के प्रथम दिवस से ही हमारे साथ जुड़े हुए थे ; और हम लोग उनसे ।

हमारे बाद तीन बैच और आ गए थे।

समय के साथ प्रभाकर भाऊ का प्रेम बंट रहा था, क्योंकि नए विद्यार्थी जब तक नवोदय की आत्मा से जुड़ नहीं जाते थे, तब तक उन पर अतिरिक्त निगरानी रखी जाती थी , और उनसे अतिरिक्त प्रेम किया जाता था ; जो शायद सही भी था । इसीलिए प्रभाकर भाऊ उनपर मेहनत ज़्यादा कर रहे थे ।
जिस तरह घर में छोटे भाई के आगमन पर बड़ा भाई माता-पिता से क्षणिक दूरियां बना लेता है या दूरियां स्वयं ही बढ़ जाती हैं , ठीक उसी तरह हमारे स्कूल के हॉस्टल में हो रहा था ; यानी कि हम लोग जो बड़े भाई की भूमिका निभा रहे थे , दूर हो रहे थे अपने प्रेम से और अधिकार से ,और यही हमें खल रहा था।
बड़े भाई होने की क़ीमत यह थी कि हमें खाना भी सब से आख़िर में मिलता था।

शुरुआती दिनों में यह बड़प्पन हमें काफ़ी सुख दे रहा था। मगर त्यौहार के दिनों में , और ख़ासकर रविवार को , अंत में खाने की वजह से, कई दफ़ा अपनी पसंदीदा खाने की चीज़ें--- जैसे मिठाइयां,पसंदीदा व्यंजन, पसंद की सब्ज़ी , गरमा गरम रोटी और पूरियाँ ---- ज़रूरत के हिसाब से नहीं मिल पाते थे । और ,तब हमें वही बड़प्पन शूल की भांति चुभता था।

एक दिन सभी सीनियर बच्चों ने अपना दु:ख- दर्द मेस अधिकारी के समक्ष रखा । पर उन्होंने प्रभाकर भाऊ से मिलने के लिए कहा।

शिवलाल,प्रदीप, विनोद ने हम लोगों की बातें प्रभाकर भाऊ के सामने रखी थीं। तब प्रभाकर भाऊ ने इसे सिरे से ख़ारिज कर दिया और कहा कि सबके लिए पर्याप्त खाना रहता है।

हम लोग तो बड़े हो रहे थे, शायद इसीलिए हमारी भूख भी बढ़ रही थी या हम वयस्क हो रहे थे इसीलिए हमारे अंदर का हार्मोन- प्रवाह ज़्यादा गतिमान हो रहा था , पता नहीं । लेकिन प्रभाकर भाऊ की बातें हमें चुभने लगी थीं।

प्रभाकर भाऊ से पुनः मिलने के बाद हमारा 3 सदस्यीय

प्रतिनिधि-मंडल दुःखी मन से ,और गुस्से से पैर भटकते हुए ,वापस आया था।

शाम को हमारे कमरे में एक बैठक हुई जिसमें पसंदीदा व्यंजन पर्याप्त मात्रा में न मिलने की समस्या पर चिंता दर्शाई गई। फिर , प्रभाकर भाऊ के बदले हुए रुख़ पर दुःख दर्शाया गया ;और तीसरी बात , प्रभाकर भाऊ और उसकी मेस टीम --जिसमें ज्ञानेश्वर भाऊ , डग्गा और मेस के दो और लोग थे --उनसे बदला लेने का प्रण किया गया।

बदला कैसे लेंगे ? बदले के लिए योजनाएं कैसी बनेंगी ? इस पर दिन-रात मंथन चल रहा था मगर ठोस निर्णय नहीं हो पा रहा था।

इसी बैठक में प्रदीप,शिवलाल और विनोद हमारे प्रतिनिधि और नेता बनकर उभर आए थे; और इन पर हमें पूर्ण विश्वास था।

प्रदीप उठा और बोल पड़ा , "जिस तरह गांधी जी ने हिंदू- मुस्लिम एकता के लिए उपवास किया था, वैसे ही हम लोग उपवास करेंगे।"

इस पर शिवलाल गुस्सा हो गया ,और प्रदीप की ओर नज़रें टेढ़ी करते हुए बोल पड़ा, " पागल है क्या बे? खाने के लिए कोई उपवास करता है क्या?"

फिर वह सुभाष घई की फिल्म "कर्मा " के अनुपम खेर की तरह बोल पड़ा, "थाली की गूंज महंगी पड़ेगी राणा !" तभी विनोद ने उसे टोका कि "थाली की गूंज नहीं है वरन थप्पड़ की गूंज है उसमें।"

शिवलाल ने उसे गुस्से से देखा और बोल पड़ा,"हम लोग खाना खाते समय व्यंजन ख़त्म होने से थाली बजाया करेंगे ,जिससे हमारा विरोध प्रदर्शन का सभी को पता चले।"

तभी प्रदीप बोल पड़ा, "नहीं , नहीं ,ऐसा कर ने से पीटी -सर हमको मुर्ग़ा बनाकर मेस के इर्द-गिर्द घुमाएंगे ।" बात सही थी । दिनभर की किसी भी अनुशासनहीन गतिविधि के उजागर होने से मेस के इर्द-गिर्द मुर्ग़ा बन कर घूमने की सज़ा दी जाती थी।

विनोद: " हम लोग शिवाजी महाराज की तरह गुरिल्ला -युद्ध करेंगे, जिससे हम लोग सुरक्षित भी रहेंगे और

विरोध भी कर पाएंगे।"

उधर प्रभाकर भाऊ को भी ,पता नहीं कहां से, हमारी योजना की कुछ भनक लग गई। वह इस बात को प्रधानाचार्य के कानों में डालने से पहले पुख़्ता सबूत जमा करना चाहता था । लेकिन उसने पीटी-सर को भी अपने भरोसे में ले लिया था।

हमारे छात्रावास के चारों ओर कंटीले तारों का सुरक्षा - चक्र बनाया हुआ था ,और इन तारों और स्कूल की इमारत के दीवारों के बीच कुछ जगह छोड़ी हुई थी, ताकि साफ़- सफ़ाई करने के लिए जगह बची रहे, या सफ़ाई में तकलीफ़ न हो। मगर इसी जगह पर हम लोग अपने पास का कचरा, फटे रद्दी पेपर , पेंसिल के छिलके, बोतल का बचा हुआ पानी , आदि चोरी -छुपे फेंक दिया करते थे, जिससे हमारी कुछ मेहनत बच जाती थी।

मेस वाली दिक़्क़त अभी भी बनी हुई थी।

सीनियर विद्यार्थियों को अभी भी खाने की कमी का सामना करना पड़ रहा था ,और प्रभाकर भाऊ एवं टीम किसी भी मांग को तवज्जो नहीं दे रहे थे, और इसी

के चलते सीनियर बैच में असंतोष के स्वर उभर रहे थे।

उसी शाम को तीन बजे एक मीटिंग हुई, जिसमें योजना ऐसी बनाई गयी कि भोजन के सभी व्यंजनों में से किसी एक-दो का खाने में भरपूर उपयोग करेंगे और बाकि व्यंजनों छुएंगे नहीं और जो व्यंजन समाप्त हो जायेंगे, उनके लिए हल्ला मचाया जायेगा जिससे मेस के कर्मियों को प्रधानाचार्य जी डांट पड़ेगी और अपर्याप्त भोजन की हमारी बात मान ली जाएगी।

इसी के चलते यह निर्णय लिया गया कि आज रात के खाने में कोई चावल और सब्जी को छुएगा नहीं, वरन् केवल रोटी और दाल ही खायेगा ; और फिर उनको समाप्त करने के बाद रोटी- दाल पर्याप्त नहीं मिल रही है इसकी शिकायत करेगा।

रात को रोटी और दाल समाप्त होने पर थाली बजाकर हम ने शोर मचाया, या यूं कहें विरोध- प्रदर्शन किया।

शिवलाल,विनोद और प्रदीप मेस -अधिकारी से मिल कर आए।

लेकिन वहां प्रभाकर भाऊ पहले से ही मौजूद था और चावल, दाल ,सब्ज़ी हम लोगों के द्वारा जानबूझकर बर्बाद किए जाने की वह शिकायत कर चुका था।

उन तीनों को ज़ोरदार चेतावनी दी गई कि अन्न का अपमान कदापि सहन नहीं किया जाएगा।

अगले दिन चावल और दाल समाप्त करने की योजना बनाई गई।

योजना सफल रही ।थाली बजाकर विरोध किया गया।

यह सफलता का जश्न ऐसे मनाया गया कि पता नहीं चला।

सर ने सबके सामने प्रभाकर भाऊ एवं टीम को पर्याप्त खाने के व्यंजन बनाने की नसीहत -रूपी चेतावनी, या चेतावनी - रूपी नसीहत दी,

जिससे हम लोग ख़ुश हो गए। क्योंकि यह हमारी पहली विजय थी।

प्रभाकर भाऊ हमें गुस्से से घूरता हुआ चला गया।

होली का मौसम आ गया था।

होली में दही-जलेबी बनी थी।

हमें उम्मीद थी कि पहली विजय के पश्चात हम भरपेट गरमा- गरम दही -जलेबी खा पाएंगे। मगर हमारे खाने की बारी आते-आते जलेबीयां ठंडी पड़ चुकी थीं और दही समाप्त हो चुका था , और हमारा गुस्सा सातवें आसमान पर चढ़ चुका था।

शिवलाल बोल पड़ा," प्रभाकर भाऊ ने जानबूझकर हमारे साथ धोखा किया है। "

प्रदीप ने सर हिलाया," भाऊ को ऐसा रंग लगाएंगे कि याद रहेगा। वार्निश भी है मेरे पास।"

होली खेलने का समय समाप्त हो चुका था।

फिर भी शिवलाल ने कुछ इशारा किया । इशारा पाते ही तीनों वार्निश लेकर मेस में घुस गए और उन्होंने प्रभाकर भाऊ का हुलिया पूरी तरह बिगाड़ दिया और साथ ही चेतावनी भी दी कि अब आप मेस में शांतिपूर्ण जीवन नहीं व्यतीत कर पाएंगे।

प्रभाकर भाऊ ने पीटी -सर से शिकायत की और शाम को मेस के इर्द-गिर्द तीन मुर्ग़े – शिवलाल, प्रदीप और विनोद -- 'कुकड़ू कूं' करने लगे ।

अगले दिन पुनः रूम में बैठक हुई कि चावल और दाल समाप्त किया जाएगा।

रोटी और सब्जी को हम लोग हाथ नहीं लगाएंगे।

सभी दाल को गिलास में भरकर पी रहे थे कि पीटी- सर गरज पड़े," क्यों रे गधो, गिलास लेकर मेरे पास आओ। "

सभी के गिलास दाल से रंगे हुए थे। फिर क्या था ! सारा बैच एक साथ मेस के इर्द-गिर्द 'कुकड़ू कूं' करने लगा।

लेकिन, हमारी गोपनीय बातें किसी को पता चलें, यह हमारे लिए एक सदमा था।
अगले दिन में मीटिंग में सभी बैठे हुए थे , और अब सब्जी समाप्त करने की योजना बनी।

शिवलाल का बेड खिड़की से सटा हुआ था।

उसे अहसास हुआ कि बाहर कुछ हलचल हुई। वह

बिल्ली थी या कुत्ता , या कोई और ,इसकी पुष्टि नहीं हो पाई।
मगर योजना कार्यान्वित होने से पहले ही हमारी

योजना के बारे में एक चेतावनी जारी कर दी गई; कि

हम तत्काल अपनी योजना समाप्त कर दें, और संभल जाएं ।

हमारे चेहरे की हवाइयां उड़ने लगी थीं। योजना कार्य के पहले ही डिब्बे में बंद हो गई थी।

इधर, बैठक वाले रूम के आसपास कुत्ते- बिल्लियों की हलचल भी बढ़ गई थी, जिसे मीटिंग के दौरान कुछ सदस्यों ने महसूस भी किया था। आज रोटी समाप्त करने

की योजना बनी थी ,मगर पुनः पीटी -सर ने मेस में गर्जना की, " यदि आज सिर्फ़ रोटी ही समाप्त हुई तो सबकी ख़ैर नहीं।"

हम सभी की हवाइयां उड़ने लगीं , और प्रभाकर भाऊ एवं टीम के पंख ख़ुशियों की लहरों पर आसमान को छूने लगे।

खाने के पश्चात शिवलाल,प्रदीप और विनोद खाना खाकर आ रहे थे कि प्रभाकर भाऊ से मुलाक़ात हो गई ; और प्रभाकर भाऊ ने जाते-जाते तीनों को देखकर एक कुटिल सी मुस्कान भरी और विनोद को देखकर हंसते हंसते, " धन्यवाद विनोद" कह कर चल दिया।

रात को शिवलाल और प्रदीप की विनोद से जमकर बहस हुई।

वे दोनों विनोद को पीटी- सर का खबरी क़रार दे चुके थे और ' घर का भेदी लंका ढाए' कह कर विभीषण की उपाधि भी दे चुके थे।

' घर का भेदी' बोलने से विनोद की आंखों से गंगा-जमुना बहने लगी थी।

रोते-रोते विनोद ने मां क़सम खाई मगर उसका किसी

पर कुछ असर नहीं पड़ा,अपितु शिवलाल उसे अधिक ताने मारने लगा कि, "हाउस का खेल- प्रतिनिधि बनने की लालच में तू ग़द्दार हो गया"; और चिल्लाने लगा - "विनोद ग़द्दार" .... "विनोद ग़द्दार"।

"विनोद ग़द्दार" कहने से विनोद अंदर तक झुलस गया था।

अब तक जय-वीरू बनकर घूमने वाले शिवलाल-विनोद, दुश्मन जैसे एक दूसरे को घूर रहे थे।

विनोद रात को ठीक से सो नहीं पाया। कुछ स्वर उसके कानों में लगातार गूंज रहे थे "ग़द्दार-खबरी-विभीषण"।

मध्यरात्रि के बाद वह अपने बिस्तर से उठा और प्रदीप के पास गया। वह घोड़े बेच कर सो रहा था । विनोद ने उसे ज़ोरों से हिलाया। वह हिला-डुला, मगर उसकी नींद अब तक खुल नहीं पाई थी।

तब विनोद ने उसके ऊपर पानी के छींटे मारे। वह "बारिश-बारिश" चिल्लाता हुआ उठ बैठा और जब उसने बगल में विनोद को देखा तो वह गुस्से में चीख पड़ा," अबे खबरी तू?"

'खबरी' सुनते विनोद पुनः रो पड़ा और रोते-रोते बोल पड़ा," नहीं भाई मैं खबरी नहीं हूं लेकिन शायद मैं जानता हूं की खबरी कौन है?"

प्रदीप पड़ा," फिर बता न कौन है खबरी?"

विनोद : "कल एक बार हम लोग पुनः बैठक करेंगे तभी बताऊंगा। लेकिन तब तक मुझे कुछ मत कहना और चिढ़ाना भी नहीं।"

हर दिन की तरह बैठक शाम को सेल्फ़- स्टडी की क्लास के बाद और रात्रि भोजन के बीच में ही हुआ करती थी।

इस बैठक के लिए शिवलाल बमुश्किल राज़ी हुआ था ; क्योंकि उसे विनोद पर भरोसा नहीं था।

कहते हैं , जिगरी दोस्त ही सबसे ख़तरनाक दुश्मन बनते हैं।

सेल्फ़- स्टडी की क्लास के बीच विनोद दो दफ़ा अपने रूम गया और कुछ जांच परख कर पुन: पढ़ने आ गया।

नियत समय पर मीटिंग शुरू हुई ।आज किस व्यंजन को समाप्त करना है ,यह चर्चा चल ही रही थी कि विनोद ने अपने पास छुपाई हुई एक पिचकारी निकाली

और शिवलाल के बिस्तर के बगल वाली खिड़की से अंधेरे में दाग दिया .... फ़र ... फ़र .... ।
वह अंधेरे में इधर-उधर ,जहां-जहां मुमकिन था वहीं, पिचकारी से रंगों की बौछार करने लगा।

पिचकारी की बौछार देख कर कोई भाग रहा है, हमें ऐसा एहसास हुआ , लगा कोई बिल्ली तो नहीं है?
किसी के भागने की आवाज़ या आहट लगते ही विनोद ने शिवलाल और प्रदीप को हाथों से खींचा और कहां "छोड़ो मीटिंग और दौड़ो ।"

वे दोनों बिना कुछ सोचे समझे-- विनोद के इशारे पर-- दौड़ पड़े , मेस की ओर।

वे दोनों मेस में नहीं रुके ,वरन् उससे सटी हुई गली के पास जाकर रुके।

उस गली में अंधेरा था। यह वही गली थी जो स्कूल की बिल्डिंग और उसकी रक्षा के लिए बने हुए कंटीले तारों के सुरक्षा घेरे के बीच थी।

मगर अफ़सोस ... वहां कुछ हलचल दिखाई नहीं दी। तभी विनोद ने प्रदीप से कहा कि वह कुछ लोगों को लेकर सामने से जाए और इसी गली के दूसरी ओर से आक्रमण करे।

प्रदीप तीन साथियों को लेकर ,और पिचकारी पकड़कर, दौड़ पड़ा ... । वे दूसरी ओर से गली में घुसे । वहां अंधेरा था ,जहां कुत्ते- बिल्लियां अक्सर घूमा करते थे। इसीलिए वे सभी ज़ोरों की आवाज़ करते हुए, और पिचकारी से रंग उड़ाते हुए ,आगे बढ़े --- अंधेरे में। सामने से कुछ लोगों को आते देखकर गली से कोई भागता हुआ नज़र आया ।

प्रदीप और उसके साथी पीछे से दौड़ रहे थे और वे "पकड़ो पकड़ो" चिल्लाने लगे।

इधर दूसरी ओर , विनोद और शिवलाल कुछ साथियों के साथ पहले से ही खड़े थे।

भोजन का समय होने से कुछ जूनियर बच्चे और पीटी - सर --सभी आसपास ही घूम रहे थे।

उसी समय "पकड़ो पकड़ो " का शोर बढ़ने लगा और सामने से कोई भागता हुआ नज़र आया , जिसे शिवलाल

और विनोद ने दबोच लिया।

"पकड़ो- पकड़ो" का शोर सुनते ही पीटी -सर और बाक़ी बच्चे भी सतर्क हो गए थे। वह भी उसी ओर देखने लगे।

इसी बीच शिवलाल और विनोद पकड़े गए शिकार को दबोच कर रोशनी में ले आए। वह दोनों हाथों से मुंह छुपा रहा था। विनोद ने टार्च की रोशनी बिखेरी उसकी ओर।

रोशनी उसके चेहरे पर पड़ते ही .. ... शिवलाल एकाएक चीख़ पड़ा,"अबे यह तो 'डग्गा' है।"

'डग्गा 'जो कि हमेशा माइक टायसन की तर्ज पर ज़ीरो की मशीन से बाल छांटता रहता था, हमारी हॉस्टल मेस में एक खानसामा था..... 'अन्ना', इसीलिए उसे तबले वाला 'डग्गा' भी कहा करते थे।

भीड़ देखकर वह सकपकाया हुआ था। उसका आधा सिर और आधा चेहरा हरे रंग से सना हुआ था , और उसके कपड़े भी ।

सभी बच्चे उसे आश्चर्य से देख रहे थे और ज़ोरो से हंस भी रहे थे। बच्चों की तरक़ीब देखकर पीटी -सर भी हंस रहे थे और हंसते-हंसते प्रभाकर भाऊ की ओर मुड़े और बोल पड़े, "अरे प्रभाकर ! तेरा एक खबरी तो पकड़ा गया।" और पुन: ज़ोरों से हंसने लगे।

प्रभाकर भाऊ सिर झुकाकर मंद मंद मुस्कुरा रहा था ; शिवलाल और विनोद एक दूसरे से गले मिल रहे थे ।

14- नवोदय हॉस्टल की दिवाली

{(हमारा जवाहर नवोदय विद्यालय (ज न वि) साकोली (जिला भंडारा) का विज्ञान के विद्यार्थियों का ग्रुप कक्षा ग्यारहवीं एवं बारहवीं के लिए महाराष्ट्र के एक खुबसूरत और हसीन वादियों से सुसज्जित ज न वि गढचिरोली में स्थानांतरित हो चुका था। यहाँ घोट नामक गांव में विद्यालय एवं हॉस्टल स्थित थे ।)}

दिवाली दीपों का त्यौहार होता है --- खुशियों के दीप, उत्साह के दीप, और प्यार के दीप ।

पिछले साल तक, हमारी दिवाली,हमारे हॉस्टल में ही मनाई जाती थी, नवोदय स्कूल के हॉस्टल में । उद्देश्य शायद यह था कि हम लोग साथ में ही खुशियां मनाएं ।

मम्मी-डैडी, भाई-बहन और मिठाई --- इनकी कमी हटा दें तो हॉस्टल की दिवाली,घर की दिवाली से ज़्यादा शानदार होती थी । क़रीब 300 बच्चों के साथ दीप जलाना, पटाखे फोड़ना, गप्पे लड़ाना, मिठाई खाना वग़ैरह -वग़ैरह ।

पिछले साल की बात है । कक्षा 12वीं में होना हमारे लिए अधिक ज़िम्मेदारियों का साल था , क्योंकि पढ़ाई के

ज़िम्मेदारी के अतिरिक्त यह हमारे नवोदय की हॉस्टल - लाइफ़ का अंतिम वर्ष था । साथ ही , हमारे सीनियर विद्यार्थी होने का भी अंतिम वर्ष, हमारे स्कूली जीवन में ।

सीनियर होने के चलते सभी जूनियरों की ज़िम्मेदारी भी हमारी हुआ करती थी ।

व्यवस्था के संचालन के मद्देनजर हम लोगों को 'हाउस' या 'सदन' में बांटा गया था । वैसे हाउस का मतलब घर होता है, मगर यहां चार हाउस यानी कि चार टीमें थीं जो आपस में प्रतिस्पर्धा करती थीं, चाहे वह क्षेत्र किसी भी विषय का हो --खेल का ,साफ़- सफ़ाई का , अनुशासन का,पढ़ाई का, सामाजिक दायित्वों का, मिठाईयां खाने का या फिर डांट खाने का , इत्यादि ।

हमारे चार हाउस थे : गाँधी हाउस, नेहरू हाउस, सुभाष हाउस और शास्त्री हाउस ।

हॉस्टल भी हाउस के हिसाब से चार भागों में बंटा हुआ था , एक ही कम्पाउंड के भीतर ।

हॉस्टल के दोनों ओर लोहे के बड़े ऊँचे और मज़बूत गेट या किवाड़ होते थे, जो रात के ग्यारह बजे बंद होते थे, जिसे बंद करने की ज़िम्मेदारी हर एक हाउस की होती थी । यह ज़िम्मेदारी हर पखवाड़े में बदलती रहती थी ; या यूँ

कहे कि सभी हाऊसों को यह ज़िम्मेदारी एक पखवाड़े तक निभानी होती थी ।

हर हाउस के लिए एक मनोनीत वार्डन होते थे ।

हॉस्टल के गेट से पच्चीस मीटर की दूरी पर हाउस - वार्डन का बंगला था ।

जिस तरह भिन्न भिन्न हाउस के बच्चों के बीच प्रतिस्पर्धा

हुआ करती थी, उससे से भी तीव्र प्रतिस्पर्धा हमारे वार्डनों के बीच हुआ करती थी ।

हमारे शास्त्री - हाउस में लगभग सभी बच्चे हाउस के

नाम के मुताबिक़ ठिंगने थे .जैसे शास्त्री जी थे ।

लेकिन हमारी ईमानदारी शास्त्री जी के जैसी तो बिलकुल नहीं थी ।

जिसकी....... शायद दो वजहें थीं ।

पहली: हमारी क़द-काठी के चलते बिना छल -कपट के

खेलों में हमारा जीतना मुश्किल था ; और **दूसरी**: लगभग हर खेल में हम हार ही जाते थे और यदि थोड़ा छल- कपट न किया तो हमारी हार और बुरी हो जाती थी ।

दशहरे के बाद हुई खेल- स्पर्धाओं में हर साल की तरह इस बार भी हम लोग अपना चौथा स्थान बचाने में सफल हुए थे ।

सुभाष - हाउस, इस बार विजेता घोषित हुआ था । इसी के चलते दोनों हाउस के बीच में नोक-झोंक चलती रहती थी । लोग इसे नोक-झोंक कह सकते हैं और नहीं भी; क्योंकि सुभाष -हाउस के बच्चे हमें चिढ़ाते थे और हम कम से कम चिढ़ने की ,और ज़्यादा से ज़्यादा अपमान का घूंट पीने की कोशिश करते थे ।

दिवाली के पहले साफ़-सफ़ाई और अनुशासन पर ज़ोर अधिक रहता था । हमें लगता था कि साफ़-सफ़ाई की ट्राफी शायद हम लोग आसानी से जीत सकते हैं क्योंकि साफ़- सफ़ाई और अनुशासन में खेलों के जितने बल की आवश्यकता नहीं होती थी, ऐसा हमारा अनुमान था ।

श्री मौर्या सर सुभाष- हाउस के वार्डन थे , जिनका बंगला हमारे हॉस्टल से सटा हुआ था । और उनके बगल में श्री प्रसाद सर का बंगला था, जो हमारे वार्डन थे ।

मौर्या सर, इस दफ़ा अनुशासन की ट्रॉफी सुभाष हाउस को जितवाना चाहते थे , और इस के लिए वे एड़ी-चोटी का ज़ोर लगा रहे थे ।

वे अपने हाउस के बच्चों से अधिक से अधिक साफ़-सफ़ाई करवाते रहते और जल्दी से जल्दी सोने की ताकीद भी करते रहते थे और रात में अपने हाउस पर कड़ी निगरानी रखते थे, जिससे कि अनुशासन बना रहे ।

इस सख़्ती के चलते ग्यारहवीं और बारहवीं के बच्चे उनसे थोड़े ख़फ़ा रहते थे ।

जैसे -जैसे दिवाली नज़दीक आ रही थी, उनकी सख़्ती भी बढ़ ही रही थी , और उसी के चलते उनके हाउस के कुछ बच्चों की कुंठा बढ़ रही थी । यह बात धीरे-धीरे सभी हाउस के बच्चों को आपसी खुसर-पुसर के चलते पता चल रही थी ।

सुभाष- हाउस का खेल- प्रतिनिधि था संजय , जो हर खेल में पारंगत था और शक्तिशाली भी । इसके के चलते वह हम लोगों को चिढ़ाने में भी अव्वल रहता था ।

पिछले कुछ दिनों से शास्त्री- हाउस का एक ही दुश्मन था --- संजय । क्योंकि वह हम सब को चिढ़ाकर वह हमारी बैंड बजा देता था ; और हमारे पास तो न तो उसके खेल का, और न ही उसकी बातों का, जवाब होता था ।

दिवाली का पहला दिन था ।

मेस में सुभाष -हाउस की ड्यूटी थी , जिसके चलते मेस की सारी व्यवस्था देखने के पश्चात् ही उन्हें दिवाली का आनंद , यानी कि पटाखों और फुलझड़ियाँ के साथ खेलने का मौक़ा मिलने वाला था । और इसी के चलते मौर्या सर और संजय के बीच बातें चल रही ।

मौर्या सर रात को साढ़े दस बजे तक सबको अपनी दिवाली की मस्ती और खाना-वाना समेटने की नसीहत दे रहे थे ; और साथ ही, साफ़- सफ़ाई पर हाथ आज़माने की बातें कह रहे थे । मगर मेस ड्यूटी के चलते, वह लोग रात दस बजे तक मेस में ही रहने के लिए बाध्य थे ।

हम लोग रात के साढ़े नौ बजे तक खाना खाकर पुनः पटाख़े और फुलझड़ियों में जुट गए और रात के ग्यारह बजे तक डटे रहे ।

सुभाष हॉउस के बच्चे रात के दस बजे आए और साढ़े दस तक तामझाम समेटकर सफ़ाई में जुट गए ।

यह देखना हमारे लिए सुखद था, और यह खेल प्रतियोगिता की हार और चिढ़ाने के अपमान पर, मलहम लगा रहा था ।

बहुत दिनों के पश्चात् , हमारे चेहरे पर ख़ुशी की लहर आई थी और यही ख़ुशी की लहर संजय और उसके दोस्तों के चेहरे पर खीज पैदा कर रही थी ।

दूसरी महत्वपूर्ण बात यह थी कि पूरी दिवाली के दौरान सुभाष हाउस ड्यूटी देने वाला था; और यह बात हमारे कमज़ोर खिलाड़ियों का उत्साह बढ़ा रही थी ।

अगले दिन हमारे शास्त्री हाउस में मीटिंग हुई , बिना हाउस वार्डन के ।

हमारा हाउस कप्तान बाजीराव था ।

वैसे, बाजीराव नाम मात्र का बाजीराव था ,क्योंकि वह बहुत ही सीधा था । मगर कप्तान के 'थिंक टैंक' , या सोच को दिशा- निर्देश देने का काम करते थे मैं, और मेरा दोस्त पवन ।

मीटिंग में निष्कर्ष निकला कि अनुशासन की ट्रॉफी हमें जीतना है । सभी को ताकीद कर दिया गया कि भले खाना कम खाएं, मगर जल्दी खाएं और बिना किसी ना-नुकर के पटाख़े फोड़ कर पौने ग्यारह बजे तक बिस्तर पर लौट जाएं ।

खेल की हार और संजय के शब्दों की मार से,हमारे बीच सामंजस्य और एकता बढ़ी थी । वैसे भी कमज़ोर लोगों को हमेशा एकजुट रहना चाहिए ।

जूनियर्स के जाने के बाद, पुनः ग्यारहवीं और बारहवीं के बच्चों की मीटिंग हुई ।

मीटिंग के मुताबिक हमारे हाउस के पढ़न्तु और दिवाली के प्रति निष्क्रिय या अनासक्त बच्चों को खाने के समय मेस में अधिक से अधिक समय व्यतीत करने को कहा गया, ताकि सुभाष हाउस के बच्चे अधिक देर तक मेस में रहे और उनकी खीज बढ़ती रहे ।

जूनियर को ज़्यादा से ज़्यादा पटाख़े फोड़ने की आज़ादी दी गई । सभी को, सभी काम समय की सीमा के दायरे में करना है ---यह बाजीराव की नसीहत थी, जो बदस्तूर जारी थी ।

आज सुबह से ही संजय और उसके साथी कुछ ज़्यादा ही गुस्से में थे ।

वे हमारे हाउस के पढ़न्तु बच्चों को गाली दे रहे थे ,क्योंकि उनके चलते बमुश्किल रात के सवा दस बजे तक वे पटाख़ों के लिए पहुंचे थे । और जैसे ही वे पहुंचे, साढ़े दस बजे मोर्या सर विराजमान हो गए ।

संजय और उसके साथी, ग़ुस्से से उबल रहे थे । मगर मोर्या सर की शक्ति और सख़्ती सबको हॉस्टल में वापस धकेल लाई थी ।

हम लोगों का पटाख़े फोड़ना जारी था । हिदायत के अनुसार, जूनियर बच्चे पटाख़ों की आवाज़ से ज़्यादा ज़ोर के ठहाके लगा रहे थे । हमारे ठहाकों और पटाख़ों की

गूंज सुभाष हाउस के बच्चों को परेशान कर रही थी ; या यूं कहें कि उनकी छाती पर मूंग दल रही थी ।

रात के 10:40 तक मोर्या सर ने ' साम-दाम-दंड-भेद' अपनाते हुए सभी विद्यार्थियों को हॉस्टल में खदेड़ दिया था ।

मगर गांधी हाउस, नेहरू और शास्त्री हाउस के सामने पटाख़ों के धमाके हो ही रहे थे , जिसका फ़ायदा उठाकर सुभाष हाउस के बच्चे पुनः में मैदान उतर आए और आतिशबाज़ी में जुट गए ।

हिदायत के अनुसार हमारे हाउस के बच्चे, धीरे-धीरे घोंसलों में लौट रहे थे । जूनियर सब अंदर आ चुके थे । हास्टल का आधा गेट बंद हो चुका था,मगर बाजीराव,पवन , मैं और अन्य सीनियर अभी भी मैदान में डटे हुए थे ।

इसी बीच मौक़ा देख कर हम तीनों (पवन, बाजीराव और मैं), मौर्या सर और प्रसाद सर के बंगले की ओर हाथ में सुतली बम लेकर बढ़े ।

सुतली बम विशेष था , जिसकी बारूदवाली बाती पर एक लंबी-सी अगरबत्ती लपेटी हुई थी ।

हम लोग, एक सुतली बम मौर्या सर की खिड़की पर और दूसरा प्रसाद सर की खिड़की पर सजा कर और अगरबत्ती को जला कर,पीछे के दरवाज़े से हास्टल में लौट आए थे ।

हास्टल का पिछला दरवाज़ा बंद करने की ड्यूटी, रोस्टर के हिसाब से, शास्त्री हाउस के पास ही थी ।

जैसे ही हम लोग लौट आए, हमारे बाक़ी साथी जो अभी तक दिखावटी दिवाली खेल रहे थे,वे भी हास्टल को लौट पड़े ।

शास्त्री हाउस के लगभग सभी अनुशासित और दिखावटी - अनुशासित विद्यार्थी हास्टल में लौट चुके थे --अपने बिस्तर पर एक नींद के लिए ।

और बाक़ी हाउस के बच्चे अभी भी पटाख़े फोड़ रहे थ समय -सीमा के बाद भी ।

धमाधम बम फूट रहे थे। हर धमाके पर हमारी धड़कन तेज़ होती थी और कुछ अरमान भी उछालें मार रहे थे -- - और वह भी एक डर की छाया में ।

दस मिनट बाद , एकाएक धमाकों की आवाज़ें आनी बंद हो गयीं ।

और कुछ पल की नीरव शांति के बाद , एकाएक, जूतों की 'ठप-ठप' की आवाज़ें हमारे हाउस के सन्नाटे को चीर रही थीं ।

हर आवाज़ के साथ ज़ेहन में डर उफ़ान मार रहा था । हमारे अंदर का चोर ,पकड़ जाने के डर से घबरा रहा था ।

इसी बीच एक सिक्योरिटी - गार्ड दौड़ कर हमारे हाउस में भी आया ; उसने लाइट जलाया और सभी सीनियर बच्चों को जगाकर नीचे ले गया ।

नीचे मैदान में सभी वार्डन और सिक्योरिटी - गार्ड पहले से ही मौजूद थे, और साथ में कुछ और शिक्षक, और समय- सीमा के बाहर पटाख़े फोड़ने वाले विद्यार्थी जमे हुए थे ।

अपने अंदर के चोर को संभालते-संभालते हम लोग भी वहीं पहुँच गए ।

पवन जम्हाई लेते हुए पहुंचा, मैं बाल संवारते हुए और बाजीराव आंख खुजाते हुए ।

हम सभी वही बाहर खड़े हो गए , नींद और उबासी भरी जम्हाई की एक्टिंग की करते करते ।

सभी लोग ग़ुस्से में थे और मौर्या सर और प्रसाद सर ग़ुस्से से लाल-लाल हो चुके थे ।

उसी ग़ुस्से में सिक्योरिटी -गार्ड हम लोगों से पूछ रहे थे कि मौर्या सर और प्रसाद सर की खिड़की पर बम किसने फोड़ा ?

हम लोग अनभिज्ञ की तरह देख रहे थे और वे सब आशापूर्ण नज़रों से हम सब को ताक रहे थे; और हम लोग संजय की ओर देख रहे थे ,या उसको परख रहे थे, जो अपने साथियों के साथ , और कुछ नेहरू और गांधी हाउस के विद्यार्थियों के साथ, मुर्ग़ा बना हुआ था ।

मौर्या सर बता रहे थे कि किसी ने बड़ा बम फोड़ा है उनकी खिड़की पर , जिससे उनकी खिड़की के कांच टूट कर बिखर गए ।

प्रसाद सर उनकी हां में हां मिला रहे थे ।

साल समाप्त होने को आया था और अब तक बम फोड़ने वाले का सुराग़ नहीं मिला था ।

और इस वर्ष की अनुशासन की ट्राफी शास्त्री हाउस को मिली थी और बाजीराव को सर्वश्रेष्ठ कप्तान चुना गया था ।

------------*-------------------*----------

15- ताड़ी

कक्षा 12वीं की समस्त परीक्षा समाप्त हो चुकी थी । मगर विज्ञान के विद्यार्थियों के प्रैक्टिकल एग्ज़ाम बचे हुए थे । इसीलिए उन्हें अभी भी नवोदय की हॉस्टल की ज़िंदगी से आज़ादी नहीं मिली थी।मगर अनुशासन पालन का डर कुछ काम हो गया था या इतने सालों से अनुशासन पालन करने के बाद पहली बार ' बेख़ौफ़ अनुशासनहीन ' बनने की दबी इच्छाएं अंदर कहीं कुलबुला रही थी।

मुख्य परीक्षा और प्रैक्टिकल परीक्षा के बीच में करीब 15 दिन की अवधि थी; और इस अवधि के बीच में होली का त्यौहार भी आने वाला था ।

शनिवार की शाम को दूरदर्शन, चैनल 1 पर अभिनेता अमिताभ बच्चन एवं अभिनेत्री नूतन अभिनीत 'सौदागर' नामक फ़िल्म चल रही थी , जिसमें नायक ताड़ के पेड़ों से ताड़ी निकाल कर उनसे गुड़ बनाता है और बाज़ार में बेचता है --- इसी कथानक के आसपास सारी फ़िल्म चल रही थी।

सारे सिनियर बच्चे बिना किसी टेंशन के पूरी मस्ती एवं जवाबदेही से मुक्त मानसिक स्थिति में फिल्म का आनंद ले रहे थे।

अधिकतर बच्चों को गुड़ बनाते समय अभिनेत्री का गाना *'सजना हैं मुझे सजना के लिए'* गाते गाते गुड़ का जल जाना और फिर अमिताभ बच्चन द्वारा आग बबूला हो जाना बहुत आकर्षित कर गया ; मगर मेरे आकर्षण का केंद्र तो फ़िल्म का कथानक न होकर गुड़ बनाने की प्रक्रिया में इस्तेमाल होने वाली ताड़ी थी ।

बचपन से शक्कर, गुड़ इत्यादि मीठी चीजें ज़िंदगी के हर मोड़ पर और दिन में दो- तीन दफ़ा आसपास टकरा जाती थीं । नवोदय की भाग दौड़वाली ख़ुशनुमा ज़िंदगी में मिठाईयां , या मिठाई से संबंधित पकवान , मात्र रविवार की दोपहर में बनते थे ; मगर सीनियर विद्यार्थियों को मिठाईयां सभी जूनियर बच्चों के खाने पश्चात् ही प्राप्त होती थीं । सिनियर बड़े भाई कहलाते थे ... ।

इसी वजह से मेरे जैसे सीनियर विद्यार्थी मिठाई - संबंधित चीज़ों के लिए बेताब रहते थे। मेरी तो कमज़ोरी थी मिठाई ,शक्कर या फिर कोई भी शक्कर से या गुड़ से बनी हुई वस्तु।

शायद इसी कारण मुझे और मेरे मित्रों को मेस में बनी कोई भी मीठी वस्तु एक त्यौहार की अनुभूति देती थी।

'सौदागर' मूवी समाप्त हुई । मगर मेरे दिलो-दिमाग़ पर ताड़ी की मिठास और उसे पाने की आस दौड़ने लगी।

हॉस्टल में ताड़ी और गुड़ की चर्चा चलने लगी थी। जैसे-जैसे ताड़ी की बात छिड़ती वैसे-वैसे राजेश , गजानन और मैं अंदर से बेचैन हो जाते --गुड़ बनाने वाली ताड़ी के लिए।

फिल्म 'सौदागर' देखने से पहले तक सिर्फ़ गजानन ने हरे नारियल (डाभ) का पानी पिया था। राजेश और मैं फ़िल्मों में हीरो- हीरोइन को किसी गाने में नारियल का पानी पीते हुए देख चुके थे। पूजा में इस्तेमाल होने वाले नारियल से पानी की बूंदे चख चुके थे , जो हम दोनों को भी अच्छा लगता था।

गजानन का कहना था कि हरे नारियल का पानी बहुत मीठा रहता है। और हम दोनों के लिए उस उम्र में स्वादिष्ट और मीठे में भेद करना असंभव था। इसी के चलते हम मीठी चीज़ों को ही स्वादिष्ट समझते थे। शायद।

गढ़चिरौली ज़िले में 'नवोदय 'एक खूबसूरत जंगल में था और स्कूल में क्षेत्रीय जनजातीय लोग --जिनका घर जंगलों में है --- उनकी संख्या भी अच्छी ख़ासी थी।

क्षेत्रीय बच्चे ऊर्जा और प्रेम से लबालब भरे हुए थे ; और वे खेलकूद के क्षेत्रों में हम बच्चों से काफ़ी आगे थे। हर किसी की मदद करने की उनकी मंशा रहती थी।

मैं, भंडारा ज़िले के' नवोदय 'से स्थानांतरित होकर आया था ; शायद इसीलिए वह मुझे मेहमान - जैसी अधिक तवज्जो देते थे , या मैं क्रिकेट अच्छा खेल पाता हूं इसलिए उन्हें मुझसे अधिक लगाव था, यह कहना मुश्किल है ।

लेकिन 'नवोदय' की यही ख़ूबी है कि किसी भी 'नवोदय' में ज़िले के हर क्षेत्र के, हर आर्थिक परिस्थिति के, और हर तबक़े के लोग अपने बच्चों को बिना किसी अंतर के या भेद - भाव के पढ़ा सकते हैं , आपसी प्रेमाभाव के साथ ।

गढ़चिरौली ज़िले में ताड़ के काफ़ी पेड़ हुआ करते थे । हमारे लिए ताड़ और नारियल के पेड़ों में अंतर करना मुश्किल था। हम लोगों को यह भी ज्ञात नहीं था कि एक नारियल का पेड़ भी एक प्रकार का ताड़ का ही पेड़ है, जबकि सभी खजूर के पेड़ नारियल के पेड़ नहीं होते हैं।

विज्ञान में किण्वन (fermentation) तो पढ़ा था । किंतु इस विषय में हमारी समझ का दायरा घर में पापड़ के लिए बनाई जाने वाली लोई अथवा शराब के ठेके पर या उद्योग – शालाओं में बननेवाले Ethyl Alcohol तक ही सीमित

था । रसायनशास्त्र में " for every 10 °C rise in temperature rate of reaction becomes twice " तो याद था ; पर धूप से बढ़ने वाले तापमान के प्रभाव में समय के साथ किण्वित होकर चीज़ें अल्कोहल-मय हो सकती हैं, यह समझने की बुद्धि विकसित नहीं हुई थी।

प्रभाव अमिताभ बच्चन का था या फ़िल्म 'सौदागर' की ताड़ी की मिठास का -- यह कहना मुश्किल है, मगर इसपर चर्चा हमेशा होती रहती थी ।

चर्चा जैसे-जैसे होती , हम तीनों की उत्सुकता सातवें आसमान तक पहुंच जाती। हम तीनों की उत्सुकता , बैचेनी और उत्साह देखकर हमारा एक दोस्त अरुण भी इस चर्चा में जुड़ गया ; और फिर देवेंद्र भी।

हॉस्टल में हर रविवार को मिठाई बनाने का दस्तूर था । मगर किसी वजह से स्थानीय दुकानदारों के पास शर्करा उपलब्ध नहीं होने की वजह से यह रविवार बिना मिठाई के पार हो गया , और हम तीनों के मन में स्कूल की खाने के सुविधाओं के प्रति खटास पैदा हो गई, क्योंकि हम रविवार की प्रतिक्षा एक त्यौहार की तरह करते थे ; क्योंकि उसी दिन खाने में हमें मिठाई मिलती थी ।

अगले कुछ दिन बाद होली थी । बातों बातों में पता चला कि कुछ क्षेत्रीय जनजातीय लोग होली के त्यौहार में ताड़ी का काफ़ी इस्तेमाल करते हैं।

शाम को हम पांचों ने निर्णय किया कि मिठाई की प्यास हम लोग ताड़ी की मिठास से मिटाएंगे।

क्षेत्रीय बच्चे, जिनके घर जंगल या उसके आसपास थे , वे भी हमारी योजना सुनकर ख़ुश हुए। उनमें से कुछेक ने अपने घर का पता दिया ; हममें से कुछेक ने कहा कि वह भी हमारे साथ चलना चाहते हैं ; किंतु हमने उन्हें नकार दिया, क्योंकि हम लोग अंतिम कुछ दिन ही स्कूल में बितानेवाले थे पर वे लोग कुछ साल । उनका अनुशासन तोड़ना सही नहीं था । वैसे हमारा अनुशासन तोड़ना भी सही नहीं था ; पर हम लोग बाग़ी हो चुके थे -- मिठाई के लिए , या मीठी ताड़ी का प्रथम स्वाद चखने की चाहत के चलते।

जब हम लोगों ने उनकी गुज़ारिश को नजरअंदाज़ कर दिया, तब किसी ने स्कूल की मेस से पांच लीटर वाला 'धारा' तेल का पीले रंग का ख़ाली प्लास्टिक का डिब्बा हमें थमा दिया ,, यह कहते हुए , कि "भाऊ इसे भरकर लाना, हमारे गांव में मीठी ताड़ी मिलती है "।

यह मांग हमलोग ठुकरा न सके।

चल पड़े हम पांच दोस्त अगली सुबह ... अलसाती भोर के बाद।

सूरज अभी सुबह की लालिमा छोड़ने का मन बना ही रहा था -- वह पीले कपड़े ओढ़ने में ही लगा था -- कि हमलोग एक साईकिल की दुकान में पहुंच गए जहां साईकिल सुधारने का , तथा साईकिल क़िराए पर देने का व्यवसाय चलता था।

दुकान अभी तक खुली भी नहीं थी , ढंग से।

दुकानवाली काकू (चाची), आंगन में गोबर के पानी से सड़ा डाल रही।

हम पांच दोस्तों की इतनी सुबह की महफ़िल देखकर वह ख़ुशी से गद्‌गद्‌ होते हुए , किराए पर पाँच साइकिलें, एक रुपया प्रति घंटा के वाजिब रेट पर , हम सबका नाम और पता रजिस्टर में लिखकर, हमें चाभियों का गुच्छा थमा गई।

काले रंग की हरक्युलिस की साइकिलें -- जिनकी सीटों के नीचे से स्प्रिंग बाहर निकला था ;जिनके सामने के डंडे पर प्लास्टिक का कवर था; जिनके पीछे कैरियर और चेन गार्ड

के ऊपर "भवानी साइकिल स्टोर्स" लिखा हुआ था – हमें मिल गईं ।

'नवोदय' के बच्चे किराए की साइकिल लेकर इतने सुबह कहां जा रहे हैं --यह सोचते सोचते वह बोल पड़ी," साइकिल बराबर लाना नहीं तो तांगे तोड़ दूंगी ।" यह धमकी थी या वैधानिक चेतावनी, कहना मुश्किल है ।

हम चल पड़े , बेफिक्र होकर । फ़िज़ाओं में ताड़ी की मिठास घुल रही थी । सुबह का पंछियों का शोर कानों में गूंजने लगा था । और दिमाग़ के किसी कोने में ' सौदागर ' के गीत के बोल "*सजना हैं मुझे ... सजना के लिए*" घूम रहे थे । आंखों के सामऩे गुड़ जलने के कारण लाल हुई अमिताभ बच्चन की आँखें तैर रही थीं, और हमारे ओठों पर मधुर मुस्कानें बिखर रही थीं ।

लगभग दो किलोमीटर दूरी वाला गांव था 'निखतवाडा' । यहां अधिकांश घर केवलू और मिट्टी के थे ; दो-तीन पान के ठेले ; एक छोटा - सा चौक , जिसकी बगल में एक खुली झोपड़ी , जो कभी नाश्ते की दुकान रही होगी जो किसी वजह बंद हुई होगी-- ऐसा प्रतीत हो रहा था – और जिसमें कोई दरवाज़ा नहीं था । और उस झोपड़ी के सामने एक बोरवेल था।

थोड़ी ही देर में हम निखतवाडा पार कर चुके थे । मगर हमारी मंज़िल थी हरदवाही गांव ,जो हमारे स्कूल से लगभग दस से बारह किलोमीटर की दूरी पर था।

हरदवाही जाने के लिए निखतवाडा के बाद जंगल के रास्ते से होकर गुज़रना पडता है । उस समय जंगल के रास्ते में डामर की रोड नहीं हुआ करती थी ; और हम लोग बढ़ रहे थे एक कच्ची रोड के सहारे , एक नाले की बग़ल से ।

हम लोग सब तैयारी के बावजूद पीने के पानी की बोतल साथ में रखना भूल गए थे ;बेशक , हम ' धारा ' की पीले रंग की बोतल में हवा भरकर ही ले जा रहे थे।

उत्साह से लबालब टीम के सदस्य ख़ाली पेट ही आगे बढ़े थे । वैसे भी, उतनी सुबह नाश्ता बनना तो दूर , नाश्ता बनाने की तैयारी भी शुरू नहीं हुई थी ।

जोश में होश खो कर हम लोग बढ़ रहे थे ... गजानन ,अरुण ,राजेश , देवेंद्र और मैं।

हॉस्टल में रहने की वजह से हम लोगों को साइकिल चलाने का अभ्यास नहीं था । इसलिए बीच बीच में हम विश्राम के लिए रुक लेते ।

पलाश के फूल पेड़ों पर सज रहे थे । रुक कर हम उनसे मकरंद लेने की कोशिश करते।भंवरों की गुंजार देख चुके

थे , सुन चुके थे । मगर आज हम उनकी तरह फूलों से मकरंद चुराने की कोशिश कर रहे थे।

बीच में कुछ पेड़ चिरौंजी के भी थे । मगर उसके फलों के हरे रंग से जामुनी होने में अभी समय था । मगर भूख से बचने की कोशिश में हम लोग कच्चे फल ही खाए जा रहे थे। पर उस हिस्से में चिरौंजी के पेड़ बहुत ही सीमित थे । पतझड़ के चलते सूखे पत्ते चारों ओर बिखरे पड़े थे।

अरुण बोला ," अरे चलो सामने भी चिरौंजी के पेड़ हैं , और बढ़िया से चिरौंजी खाते हैं।"

ऐसा कह कर हम आगे बढ़ ही रहे थे कि पत्तों की सरसराहट एकाएक कान में सुनाई दी ; सूखे पत्तों के बीच कुछ चलने की आहट हुई । वैसे ही मैं और राजेश साइकिल की तरफ़ भागे और चिल्ला उठे, "वहां सांप है !"

सांप का नाम सुनते ही उन तीनों को भी सांप सूंघ गया और वे भागकर अपनी साइकिलों पर सवार हो गए।

अब तक पेट में उफ़ान मार रही भूख थोड़ी देर के लिए शांत हो गई ; या उसका ध्यान कहीं और चला गया , यक़ीनन सांप के डर की वजह से।

गजानन बोल पड़ा, " हमारी मज़िल क़रीब है । अब हम लोग कहीं भी नहीं रुकेंगें और सिर्फ़ ताड़ी लेकर ही वापस आएंगे।"

गजानन की बात से हम लोग इत्तेफाक़ रख रहे थे, मगर शरीर अब थोड़ा थकने लगा था, भूख की वजह से हाथ-पाँव 'तौबा तौबा' कर रहे थे और प्यास के चलते गले ने साथ देने से मना कर दिया था।

हम सब उस पड़ाव पर थे,जहां से स्कूल वापस लौटना असंभव था, क्योंकि हम लोग मंज़िल से बेहद क़रीब थे और ताड़ी की मिठास अभी भी हौसला दे रही थी कि, 'थकान को मिटा दूंगी।'

हम लोग नियत जगह पहुंच गए । वहां हमारे एक जूनियर विद्यार्थी का घर था। हम सब उसके घर पहुंचे। 'नवोदय' से बच्चे आए हैं, यह सुनकर घर के लोगों ने ख़ुशी से स्वागत किया और पानी पिलाया । पानी पीते ही हमें ताज़गी महसूस हुई।

जब हमने उनसे कहा कि हम लोग होली के महोत्सव के लिए ताड़ी लेने को आए हैं तो वह लोग हंस पड़े और बोले, "बेटा , यह ताड़ी हम वन- प्रदेश में रहने वाले लोगों के

जीवन का हिस्सा है । हम लोग इसे होली में पीते हैं। तुम विद्यार्थियों को इन सब से चीज़ों से दूर ही रहना चाहिए।"

जब उन्होंने कहा कि "दूर रहना चाहिए" तो हमें लगा कि' नवोदय' से इस गांव की दूरी, जो क़रीब बारह किलोमीटर की है , उसी सिलसिले में घर के वरिष्ठ लोग दूर रहने की सलाह दे रहे हैं।

इसीलिए हम लोगों ने ज़ोर देकर कहा , " काकाजी ताड़ी चाहिए , बाक़ी विद्यार्थी भी होली में इसका इंतज़ार कर रहे हैं ।"

हमारी ज़िद देखकर उन्होंने 'धारा ' की पीले रंग की बोतल में क़रीब तीन लीटर तक ताड़ी --जो उनके मिट्टी के बर्तन में रखी थी -- डाल दी।

घर के वरिष्ठ लोग बोल रहे थे, "धूप में इसका सेवन नहीं करना चाहिए।"

उनकी यह ताकीद हमारे ऊपर कोई असर नहीं डाल रही थी। क्योंकि, ' सौदागर ' का अमिताभ अभी भी हमारे दिमाग़ में इसी ताड़ी से गुड़ बना रहा था और स्कूल के क्षेत्रीय बच्चे –' यह बहुत मीठी है' - इसकी पुष्टि कर चुके थे।

राजेश और मैं कह उठे , "काका जी, हम लोग थोड़ा यहीं पिएंगे ।"

ऐसा कहकर हम उनके पीछे पड़ गए कि वह हमें थोड़ा पीने को दें। उसकी वजह भी हमारे हिसाब वाजिब थी : क्योंकि मीठा खाने की इच्छा हमारे मन में अभी भी उतनी ही शिद्दत से हिलोरें मार रही थी और हम लोग इसी मिठास को पाने के लिए भूखे पेट स्कूल का अनुशासन तोड़कर इतनी दूर जंगल में सांप-बिच्छू से बचते – बचाते आए थे।

अरुण और गजानन ने हम दोनों का बख़ूबी साथ निभाया, क्योंकि वे इसकी महिमा 'सौदागर ' फ़िल्म देखने की वजह से जानते थे; और स्कूल के कुछ साथियों ने उनसे कहा भी था कि यह बहुत बढ़िया होती है और मीठी भी लगती है।

उस घर के मुखिया ,जो हमें अब तक इसे न पीने की सलाह दे रहे थे, हमारी ज़िद के आगे झुक गए । शायद उन्हें लगा कि बच्चे हॉस्टल में रहते हैं । उन्हें घर का खाना नसीब नहीं होता है । और जो कुछ मांग रहे हैं , उसे उनके क्षेत्र के लोग अपने होली के त्यौहार में इस्तेमाल करते हैं। सो, इन्हें थोड़ा-सा ख़ुश कर सकते हैं।

इसीलिए उन्होंने छोटे-छोटे मिट्टी के कुल्हड़ों में हम सबको थोड़ी- थोड़ी ताड़ी परोस दी।

सबसे पहला कुल्हड़ अरुण को मिला । उसने एक ही झटके में पूरा द्रव्य अपने गले में उतार दिया । उसने बड़ी बड़ी आँखों से मुझे देखा और वह कुछ बोल पाता उसके पहले ही गजानन ने अपना कुल्हड़ गटक लिया ।

राजेश और मैं-- हम दोनों को कब मिलेगा?-- इसी झुनझुनाहट में उतावले होकर ताड़ी का इंतज़ार करने लगे।

राजेश का नंबर आया ,और वह पीने ही वाला था कि उसी समय उनके घर का कुत्ता दौड़ कर उसकी ओर आया। कुत्ते को देखकर राजेश दौड़ पड़ा और इसी आपाधापी में उसका कुल्हड गिर गया।

फिर मैंने भी कुल्हड को थामा और प्यार से देखने लगा ।

दिमाग़ में 'सौदागर' के अमिताभ, गुड़ , ताड़ के पेड़ और मेस में मिलने वाली मिठाई की गूंज उठने लगी।

मेरी कितने दिनों की हसरत आज पूरी होने वाली थी !

क्योंकि मीठी-मीठी ताड़ी का मैं जीवन में पहली बार स्वाद लेने जा रहा था।

मैंने कुल्हड़ उठाया और भगवान को शुक्रिया अदा किया कि मुझे मीठी ताड़ी के पास आज उसने पहुंचा दिया था।

मैंने पहला सिप मुंह में लिया । एकाएक मुंह में खटास- सी आने लगी। यह ताड़ी तो मीठी नहीं थी ? मेरे मुंह में और दिमाग़ में जो ताड़ी का स्वाद अब तक तैर रहा था , वो कहीं काफूर हो गया था ।

मैं अपना पहला सिप समाप्त भी नहीं कर पाया कि सुबह से अब तक की गई सारी गतिविधियाँ एक शार्ट- फ़िल्म की तरह दिमाग़ में घूम गईं : खाया पिया कुछ नहीं गिलास तोड़ा बारह आना।

ताड़ी का ख़ुमार उतर चुका था।

भूख पेट में तांडव कर रही थी , और अब घर या स्कूल जाने की हड़बड़ी हो रही थी। और दिमाग़ में अजीब- सी झुंझलाहट थीं ।

'धारा ' की बोतल लेकर हम लोग अब चल पड़े थे, बिना कुछ खाए- पिए, भूखे पेट ही ।

सुबह जिस उत्साह से हम निकले थे, वह उत्साह कहीं फुर्र हो चुका था। 'नवोदय' का अनुशासन तोड़ने की ख़्वाहिश जो कई दिनों से दिल में उफ़ान पर थी , वह भी समाप्त हो चुकी थी।

हमारे पास शक्ति भी बची नहीं थी, और रास्ते में ऐसी कोई जगह भी नहीं थी या होटल भी नहीं था, जहां कुछ खाने की व्यवस्था हो सके और शक्ति प्राप्त की जा सके ।

जेब में क़रीब पचास रुपए थे , मगर ख़र्च करने के लिए कोई जगह नहीं थी।

जिस रास्ते से हम गए थे, उसी रास्ते से डरते- भागते ,शक्ति लगाते, बिना पलाश के फूलों का मकरंद और चिरौंजी के फल का स्वाद लिए, हम लोग आगे बढ़ने लगे।

मन में लग रहा था कि ताड़ी की जगह चावल मांग लेता तो अच्छा था।

सूरज चढ़ चुका था।

दिन के क़रीब साढ़े ग्यारह बज चुके थे और बहुत मेहनत के बाद, बहुत शक्ति लगाकर , हम लोग निखतवाडा पहुंचे ।

हम सब की हिम्मत जवाब दे चुकी थी । निखतवाड़ा से स्कूल की बिल्डिंग साफ नजर आ रही थी, मगर अभी भी करीब दो से तीन किलोमीटर का फ़ासला बचा हुआ था । मगर इतनी शक्ति भी नहीं बची थी कि उतना अंतर पार कर सकें।

इसी बहाने , या सुस्ताने के बहाने , या शक्ति समाप्त होने के कारण , हम लोग एक खुली झोपड़ी में बैठ गए।

बैठते ही लगा कि शरीर कहीं प्राण न छोड़ दे, क्योंकि भूखे पेट हम लोग क़रीब बाइस किलोमीटर की यात्रा कर चुके थे।

और जो ताड़ी मैंने पी थी उसमें कोई मिठास नहीं थी। मेरा दिमाग़ और मेरा मन मुझे ही इस बात पर गालियां दे रहा था। और वैसे ही, इसी हालत में मैं झोपड़ी में लेट गया।

आंखों के सामने ताड़ी के पेड़, अमिताभ और उसका बनाया हुआ गुड़ और "सजना है मुझे सजना के लिए" का गाना नज़र आ रहा था।

लेकिन मेरे चेहरे पर कोई हंसी नहीं थी, बल्कि आंखों में आंसू की बूंदें घर कर चुकी थीं।

मुझे देख कर राजेश,अरुण, देवेंद्र और गजानन भी वहीं लेट गए, क्योंकि उन्होंने भी कुछ नहीं खाया था। और हमारी बग़ल में ' धारा ' की बोतल पड़ी थी, जिसमे ताड़ी भरी हुई थी।

हमें देखकर गांव के लोग बातें बनाने लगे कि "देखो ! यह' नवोदय' के बच्चे हैं, और दारू पीकर पड़े हैं।"

सुनते ही लगा कि किसी ने कान के ऊपर ज़ोर से झापड़ दिया है। 'नवोदय' का अनुशासन तोड़ने की दिल में ख़्वाहिश लेकर, सुबह स्कूल से निकलने वाले तन - मन को 'नवोदय के बच्चे दारू पीकर पड़े हैं" वाली गाली मुझको झुलसा रही थी। अंदर तक ग्लानि हो रही थी।सात

साल का अनुशासन एक दिन तोड़ देना बहुत भारी लग रहा था।

तभी मुझे एहसास हुआ कि ताड़ी देने वाले काका जी क्यों हमें इसे पीने के लिए मना कर रहे थे।

जिसे मैं मीठी, गुड़ बनाने वाली ताड़ी समझ रहा था, वह धूप के चलते फर्मेंटेड होकर दारू में बदल चुकी थी, और उसका स्वाद भी ख़राब हो चुका था ।

हम लोगों ने इसे पिया भी नहीं था, मगर गांव के लोगों की प्रतिक्रिया देखकर ख़ुद के ऊपर शर्म आ रही थी। मन कर रहा था की जवाब दें कि हमने दारू नहीं पी है ; लेकिन शरीर में इतनी शक्ति नहीं थी कि हम लोग उठकर कह सकते कि हमने दारु नहीं पी है।

पड़े पड़े करीब आधा घंटा हो गया। गले से लेकर पेट तक भूख इनका तांडव अपने चरम पर था।

मुझे लगने लगा था कि मेरा शरीर अब मेरा साथ छोड़ने वाला है।

आंखों के सामने पापा जी की की तस्वीरें घूमने लगीं ।

साथ ही , 'नवोदय ' के पहले दिन से लेकर आज तक की यात्रा भी दिमाग़ की स्क्रीन पर घूम गयी ।

हम सब एक दूसरे को ऐसे ही देख रहे थे। कोई किसी से आंख नहीं मिला पा रहा था, और न ही मिलाना चाह रहा था। सब लोग एक दूसरे पर ग़ुस्सा थे, मगर कोई कुछ

बोलने की हालत में नहीं था । क्योंकि हम सब शक्तिहीन हो चुके थे। और मैं तो लगभग प्राण हीन। अब भगवान ही सहारा था, या फिर भाग्य।

हम मन ही मन भगवान को याद करने लगे कि इसी बीच

उसी गांव में रहने वाला, 'नवोदय' का एक लड़का लंच-ब्रेक के चलते अपने घर पहुंच रहा था।

लंच में घर जाना भी अनुशासन- हीन कार्य था , मगर उसे देखकर मुझे और राजेश को थोड़ी उर्जा आ गयी।

हम लोगों ने उसे पीने के लिए पानी और खाने के लिए कुछ लाने को कहा और जेब से पांच रुपए दे दिए।

वह दौड़ कर एक गिलास में पानी और वहां के छोटे-से होटल से बेसन का सेव और पोहे का चिवड़ा लेकर आ गया।

चिवड़ा भी मिर्ची से सना हुआ था, मगर मैंने बिना किसी सोच विचार के दो मुट्ठी अपने मुंह में भर दिया और ज़ोरों से चबाने लगा।

मैं मिर्चियां चबा रहा था ---जीवन में पहली बार ---और उन्हीं मिर्चियों से ताड़ी की मिठास मेरे जीभ से लेकर शरीर

की सभी कोशिकाओं में घुल रही थी। मेरे मन में और तन

में एकाएक प्राण-संचार होने लगा।

मैं और राजेश अब स्कूल जाने को तैयार हो रहे थे। अरुण,देवेंद्र और गजानन भी हमारे साथ चिवड़ा खा रहे थे।

वैसे ही, अरुण ने हम सबको को देखा और 'धारा ' की बोतल वहीं उलट दी । और फिर ,हम लोग हास्टल पहुंच गए ---' धारा ' की ख़ाली बोतल के साथ , अपना लटका हुआ ,छोटा- सा ,मुँह लेकर; और एक बड़ा - सा प्रण लेकर कि हम नशे से दूर रहेंगे ,हमेशा ; और 'नवोदय 'का नाम बचाएंगे ,हमेशा -हमेशा ।

लेखक के बारे में

'पुष्पेय' ओमप्रकाश गोंदुड़े

(Email: OP.GONDULE@GMAIL.COM)

पिता: श्री पुरुषोत्तम गोंदुड़े

माता: श्रीमती पुष्पा गोंदुड़े

M.Sc (Chemistry), B. Ed (Nagpur University), NTPC Ltd में कार्यरत, प्रयागराज, उत्तरप्रदेश ।

बचपन वैनगंगा नदी के आस पास गुजरा और पढ़ाई महाराष्ट्र में विदर्भ के विभिन्न स्थानों जैसे समर्थ विद्यालय लाखनी, जिला परिषद मोहाड़ी, जवाहर नवोदय विद्यालय साकोली और गढ़चिरोली,पोरवाल कॉलेज

कामठी तथा M.Sc रसायन विभाग नागपुर विद्यापीठ में पूर्ण हुई । B. Ed की डिग्री बार. वानखेड़े कॉलेज नागपुर से उत्तीर्ण की ।

कई कविताएँ और लेख विभिन्न पत्रिकाओं में प्रकाशित ।

लेखन 'पुष्पेय' के नाम से करते हैं । लेखक की एक लघु कथा संग्रह "बचपन के रंग" अमेज़न और फ्लिपकार्ट पर पांच सितारा रेटिंग के साथ बिक रहा है और और एक कविता संग्रह "मैं अकेला दाना माँझी " भी प्रकाशित हो चूका हैं। साथ ही एक अंग्रेजी किताब "Childhood Whispers' अमेज़न किंडल पर उपलब्ध हैं।

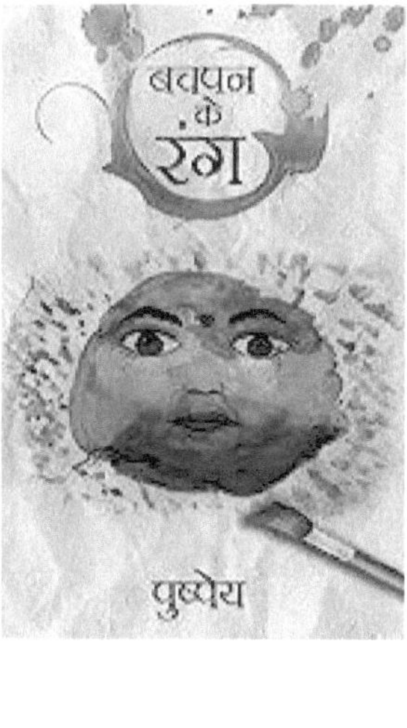

PUSHPEY's
Childhood
Whispers
Bed time stories from Bachpan ka rang

www.ingramcontent.com/pod-product-compliance
Lightning Source LLC
La Vergne TN
LVHW060246051026
849517LV00005B/1733
* 9 7 9 8 8 9 5 1 9 0 3 7 1 *